John Updike

Dein Liebhaber hat eben angerufen

Szenen einer Ehe

Deutsch von
Maria Carlsson,
Inge Friederich,
Karin Polz und
Hermann Stiehl

Rowohlt

«Schnee in Greenwich Village» übersetzte Maria
Carlsson, «Wartezeit», «Die Ablenkungs-
manöver-Theorie» und «Hier kommen die
Maples» Inge Friederich, «Der Geschmack
von Metall» und «Dein Liebhaber hat
eben angerufen» Karin Polz und
«Zweibettzimmer in Rom» Hermann Stiehl

Veröffentlicht im
Rowohlt Taschenbuch Verlag GmbH,
Reinbek bei Hamburg, Juli 1996
Der Text der vorliegenden Ausgabe wurde
dem Band «Der weite Weg zu zweit»
entnommen
Copyright © 1982 by Rowohlt Verlag GmbH,
Reinbek bei Hamburg
«Too Far To Go» Copyright © 1956, 1960,
1963, 1964, 1966, 1967, 1971, 1975, 1976
und 1979 by John Updike
Alle deutschen Rechte vorbehalten
Umschlaggestaltung Beate Becker/Gabriele Tischler
(Illustration: Hans Hillmann)
Gesetzt aus der Sabon (Linotronic 500)
Gesamtherstellung Clausen & Bosse, Leck
Printed in Germany
200-ISBN 3 499 22097 0

Inhalt

Schnee in Greenwich Village

Die Maples waren erst tags zuvor ans westliche Ende der 13th Street gezogen, und heute abend hatten sie Rebecca Cune eingeladen, weil sie ja jetzt so nah beieinander wohnten. Rebecca war ein hochgewachsenes Mädchen, das immer ein wenig lächelte und nie ganz bei der Sache war. Sie ließ sich von Richard Maple Mantel und Schal abnehmen und wandte sich zur gleichen Zeit in sanfter Begrüßung Joan zu. Richard, der sich mit besonderer Exaktheit und Würde bewegte, vor lauter Stolz, daß ihm das Mantelabnehmen so elegant von der Hand gegangen war – er und Joan waren schon fast zwei Jahre miteinander verheiratet, aber er sah noch so jung aus, daß man ihm instinktiv keine Gastgeberpflichten zumutete, und diese Rücksicht bewirkte, daß er sich seinerseits in einer unsicheren Reserve hielt und das Ausschenken der Getränke zum Beispiel meist seiner Frau überließ, während er sich wie ein besonders begünstigter, besonders reizender Gast auf dem Sofa rekelte –, Richard nun ging ins dunkle Schlafzimmer, vertraute Rebeccas Garderobe dem Bett an und kehrte ins Wohnzimmer zurück. Ihr Mantel hatte überhaupt kein Gewicht gehabt.

Rebecca saß unter der Lampe auf dem Boden, ein Bein unter sich gezogen, einen Arm auf das Wandklappbett gestützt, das die vorigen Mieter noch nicht herausgenommen hatten, und sagte gerade: «Ich kannte sie erst diesen einen Tag, an dem sie mir meine Arbeit erklärte, aber ich sagte ja. Bis dahin hatte ich in einem schauerlichen Apartmenthaus gewohnt, einem sogenannten Wohnheim für Damen. In den Korridoren standen Schreibmaschinen, in die man 25 Cents stecken mußte.»

Joan saß mit kerzengeradem Rücken auf einem Hitchcock-Stuhl, der noch aus ihrem Elternhaus in Vermont stammte, zerknüllte ein feuchtes Taschentuch in der Hand und erläuterte, zu Richard gewandt: «Bevor Becky ihre Wohnung kriegte, hat sie mit diesem Mädchen und deren Freund zusammengewohnt.»

«Ja, Jacques hieß er», sagte Rebecca.

«Du hast mit ihnen *zusammen*gewohnt?» fragte Richard; sein neckend überlegener Ton rührte noch von der gehobenen Stimmung her, in die das so glücklich verlaufene Manöver mit dem Mantel ihn versetzt hatte (im dämmrigen

Schlafzimmer hatte es ihm einen richtigen Stich gegeben – es war, als entledigte er sich mit großem Takt einer enttäuschenden Nachricht).

«Ja, und er bestand darauf, daß sein Name auf den Postkasten kam. Er hatte schreckliche Angst, daß ein Brief ihn mal nicht erreichen könnte. Als mein Bruder bei der Marine war und mich besuchte und auf dem Briefkasten die Namen sah –» mit drei Parallelbewegungen ihres Fingers setzte sie die Namen untereinander –

«Georgene Clyde,

Rebecca Cune,

Jacques Zimmerman,

sagte er, ich sei doch immer so ein nettes Mädchen gewesen. Und Jacques wollte nicht einmal ausziehen, um meinem Bruder Platz zum Schlafen zu machen. Mein Bruder mußte auf dem Fußboden schlafen.» Sie senkte die Lider und suchte in ihrer Handtasche nach einer Zigarette.

«Ist das nicht wundervoll?» sagte Joan, und ihr Lächeln zog sich hilflos in die Breite, als ihr aufging, was für eine unsinnige Bemerkung das war. Richard machte sich Sorgen wegen ihrer Erkältung. Sieben Tage ging es nun schon so und wurde nicht besser. Ihr Gesicht war blaß und mit rosa und gelben Flecken gesprenkelt, und das unterstrich das Modiglianihafte noch, das in ihrem langen Hals und den ovalen blauen Augen lag und in ihrer Gewohnheit, hochaufgerichtet auf dem Stuhl zu sitzen, den Kopf dabei spöttisch zur Seite geneigt und die Hände mit den Flächen nach unten im Schoß zu halten.

Auch Rebecca war blaß, aber ihre Blässe hatte die konsistentere Schattierung einer – ja, die schweren Lider und eine gewisse Virtuosität um die Lippen legten diesen Vergleich nahe –, einer Zeichnung von Leonardo.

«Möchte jemand einen Sherry?» fragte Richard mit tiefer Stimme zu ihr hinunter.

«Wir haben auch ein paar harte Sachen da, wenn du die lieber magst», sagte Joan, zu Rebecca gewandt. Und von Richards Standpunkt aus enthielt dieser Satz – wie manche Reklameplakate, die, aus verschiedenen Blickwinkeln gesehen, verschiedene Bedeutungen ergeben – die unmißverständliche Aufforderung, diesmal möge er die Old Fashioneds mixen.

«Sherry ist eine gute Idee», sagte Rebecca. Sie hatte eine klare Aussprache, aber ihre Stimme war so verhaucht und zart, als lege sie gar keinen Wert darauf, gehört zu werden.

«Ich finde auch», sagte Joan.

«Gut.» Richard nahm die Acht-Dollar-Flasche Tio Pepe vom Kaminsims, und damit alle das Schauspiel genießen könnten, entkorkte er sie an Ort und Stelle im Wohnzimmer. In dekorativer Haltung schenkte er drei Gläser halbvoll, reichte sie herum, lehnte sich gegen den Kamin (die Maples hatten bislang noch nie einen Kamin gehabt), schwenkte das Glas in der Hand, wie der Fachmann in der Weinhandlung ihm geraten hatte, um die Ester und Äther freizusetzen, bis seine Frau sagte, was sie immer in solchen Fällen sagte – es war der Standardtoast in ihrem Elternhaus gewesen –: «Prösterchen, ihr Lieben!»

Rebecca erzählte weiter von ihrer ersten Wohnung. Jacques hatte nie gearbeitet. Georgene hielt es nie länger als drei Wochen in einer Stellung aus. Alle drei zahlten in eine gemeinsame Kasse ein, die allen dreien auch gleichermaßen zugänglich war. Rebecca hatte ein separates Schlafzimmer. Jacques und Georgene dachten sich zuweilen Fernsehsendungen aus; sie legten alle ihre Hoffnungen in eine Sendereihe, die den Titel *Das IBI – ‹I› für Intergalaktisch oder Interplanetarisch oder so etwas Ähnliches – in Raum und Zeit* trug. Ein junger Kommunist zählte zu ihren Freunden, der sich nie wusch und immer Geld hatte, da seinem Vater die halbe West Side gehörte. Tagsüber, wenn die beiden Mädchen fort waren zur Arbeit, flirtete Jacques mit einer jungen Schwedin, die über ihnen wohnte und nicht davon abließ, ihren Mop auf dem winzigen Balkon vor dem Fenster der drei auszuschütteln. «Ein tolles Geschütz», sagte Rebecca. Als sie dann ein eigenes kleines Apartment bezog und sich endlich zu Hause und zufrieden fühlte, machten Georgene und Jacques den Vorschlag, eine Matratze zu besorgen und bei ihr auf dem Fußboden zu nächtigen. Da hatte Rebecca das Gefühl, daß jetzt der Zeitpunkt gekommen sei, energisch zu werden. Sie sagte nein. Später heiratete Jacques dann, aber ein anderes Mädchen, nicht Georgene.

«Möchte jemand Cashews?» fragte Richard. Er hatte im Feinkostgeschäft an der Ecke eine Büchse voll gekauft, speziell für diesen Besuch, aber auch wenn Rebecca nicht hätte kommen können, würde er etwas in dem Geschäft gekauft haben, irgend etwas anderes, unter irgendeinem Vorwand, einfach aus Vergnügen daran, den ersten Einkauf in diesem Laden zu tun, in dem er all die kommenden Jahre so viel kaufen und in dem er so gut bekannt werden würde.

«Nein, danke», sagte Rebecca. Aber Richard rechnete so wenig mit einer Absage, daß er ihr die Nüsse geradezu aufdrängte in seiner Begeisterung: «Bitte! Die sind so gut für dich!» Sie nahm zwei und biß eine in der Mitte durch.

Er hielt die Schale – ein Ding aus Silber, das die Maples zur Hochzeit geschenkt bekommen und aus Platzmangel bisher nicht ausgepackt hatten – seiner Frau hin, die sich eine gefräßige Handvoll herausfischte und so blaß aussah, daß er fragte: «Wie fühlst du dich?» Nicht daß er die Anwesenheit ihres Gastes vergessen hätte: im Gegenteil, er paradierte mit seiner durchaus ehrlichen Besorgnis. «Gut», sagte Joan kratzbürstig, und vielleicht stimmte das ja.

Obgleich die Maples Anekdötchen erzählten – etwa, wie sie die ersten drei Monate ihres Ehelebens in einer Blockhütte in einem Camp des Christlichen Vereins Junger Männer zugebracht hatten, oder wie Bitsy Flaner, eine gemeinsame Freundin, als einziges Mädchen in die Bentham Divinity School aufgenommen wurde, oder wie die Arbeit in der Werbebranche Richard mit Yogi Berra in Kontakt brachte –, hielten sie sich nicht (das heißt: hielten sie einander nicht) für Raconteurs, und Rebeccas schmächtige Stimme herrschte in der Unterhaltung vor. Sie hatte das Talent, Sonderbares zu erleben.

Ihr reicher Onkel lebte in einem Haus aus Metall, das vollgestopft war mit Refektoriumsstüh-

13

len. Er hatte eine schreckliche Angst vor Feuer. Unmittelbar vor der Depression hatte er ein ungeheures Boot gebaut, das ihn und ein paar Freunde nach Polynesien tragen sollte. Alle seine Freunde verloren ihr Geld bei dem Börsenkrach damals, nur er nicht. Er machte weiter Geld. Er machte Geld aus allem und jedem. Aber er konnte die Reise ja nicht gut allein antreten, und so wartete das Boot immer noch in der Oyster Bay: ein gewaltiges Ding, neun Meter ragte es aus dem Wasser. Der Onkel war Vegetarier. Rebecca hatte bis zu ihrem dreizehnten Lebensjahr keinen Truthahn am Thanksgiving Day gegessen, weil es eine Familiengepflogenheit war, dies Fest im Hause des Onkels zu begehen. Im Krieg gab man diese Gepflogenheit dann auf: die Kunststoff-Absätze der Kinder hinterließen allenthalben schwarze Spuren auf den feinen Asbestfußböden. Seither hatte Rebeccas Familie nicht mehr mit diesem Onkel gesprochen. «Ja, und was mich immer so erschlagen hat», sagte Rebecca, «jede neue Gemüsewelle rollte an, als ob es sich um einen völlig andersartigen Gang handelte.»

Richard schenkte wieder eine Runde Sherry ein, und weil er dadurch sowieso schon im Mittelpunkt der Aufmerksamkeit stand, sagte er:

«Lassen sich manche Vegetarier für den Thanksgiving Day nicht Truthähne aus gemahlenen Nüssen modellieren?»

Nach einer langen Pause sagte Joan: «Ich weiß nicht.» Und ihre Stimme, seit zehn Minuten nicht in Gebrauch, brach auf der letzten Silbe. Sie räusperte sich, und Richards Herz verschrammte ganz dabei. «Womit füllen sie die wohl?» fragte Rebecca und stäubte Asche in die Untertasse neben sich.

Draußen vor dem Fenster ertönte plötzlich Hufgeklapper. Joan war als erste am Fenster, Richard als nächster, und dann kam Rebecca; sie hob sich auf die Fußspitzen und reckte den Hals. Sechs berittene Polizisten galoppierten, aufgerichtet in den Steigbügeln, zu Paaren gruppiert, die 13th Street hinab. Als das helle Staunen der Maples sich gelegt hatte, sagte Rebecca beiläufig: «Das machen sie jeden Abend um diese Zeit. Ich finde, für Polizisten sehen sie enorm vergnügt und munter aus.»

«Oh, und es schneit!» rief Joan. Ihr wurde immer ganz sentimental ums Herz, wenn sie Schnee sah, sie liebte ihn so, und in den letzten Jahren hatte es so selten geschneit. «An unserem ersten Abend hier! An unserem ersten *richtigen*

Abend!» Sie vergaß alles um sich her und schlang die Arme um Richard, und Rebecca, im Gegensatz zu jedem anderen Gast, der sich abgewendet oder allzu breit, allzu ermunternd gelächelt hätte, behielt unverändert ihre Blickrichtung bei: mit süßem, geistesabwesendem Ausdruck sah sie durch das umschlungene Paar hindurch immer weiter auf die Szene draußen. Der Schnee haftete nicht auf der nassen Straße, nur über die Motorhauben und die Dächer der geparkten Autos zog sich eine dünne Schneedecke.

«Ich gehe dann jetzt wohl», sagte sie.

«Oh, bitte nicht!» rief Joan, und ein Drängen lag in ihrer Stimme, das Richard erstaunte: sie war sichtlich sehr müde. Aber die neue Wohnung, der Wetterumschwung, der gute Sherry, die zärtlichen Strömungen zwischen ihr und ihrem Mann, die neu ausgelöst worden waren, als sie ihm so jäh um den Hals fiel, Rebeccas Anwesenheit – all das hatte sich ihr wahrscheinlich unentwirrbar zu diesem einen verzauberten Augenblick verflochten.

«Doch, ich glaube, ich muß gehen, du siehst so verschnupft und angegriffen aus.»

«Kannst du nicht wenigstens noch auf eine Zigarette bleiben? Dick, gieß uns noch einen Sherry ein.»

«Ein winziges bißchen nur», sagte Rebecca und hielt ihr Glas hin. «Hab ich dir eigentlich schon von dem jungen Mann erzählt, Joan, mit dem ich mal ausgegangen bin und der so getan hat, als sei er Oberkellner?»

Joan kicherte erwartungsvoll. «Nein, wirklich nicht, noch nie.» Sie schlang den Arm um die Rückenlehne ihres Stuhls und flocht die Finger durch die Stäbe, wie ein Kind, das sich die Gewißheit verschafft hat, noch ein bißchen aufbleiben zu dürfen. «Was hat er denn getan? Hat er Oberkellner nachgemacht?»

«Ja und überhaupt: zum Beispiel, als wir aus dem Taxi kletterten, war da gerade ein Kanalisationsdeckel, aus dem Dampf aufstieg, und er bückte sich –» Rebecca beugte den Kopf und hob die Arme – «und tat, als ob er der Teufel wäre.»

Die Maples lachten, weniger über Rebeccas Worte als über die Art, wie sie ihnen die Situation vor Augen gerufen hatte mit ihrer sparsamen nachahmenden Geste, in der sich beides ausdrückte: das dramatische Gehabe ihres Begleiters und ihre eigene, so wenig von sich hermachende Natur. Sie sahen Rebecca vor dem Taxischlag stehen und ausdruckslosen Blicks verfolgen, wie ihr Begleiter sich tiefer und tiefer

17

kauerte, ganz aufging in seinem Scherz und dämonisch die Finger krümmte, während er deutlich zu spüren vorgab, wie ihm Hörner durch die Schädeldecke sprossen, Flammen an seinen Beinen emporzüngelten und die Füße ihm zu Hufen schrumpften. Rebeccas Talent, erkannte Richard jetzt, lag nicht darin, daß ihr sonderbare Dinge *zustießen*, sondern darin, daß sie mit ihrer trockenen Sachlichkeit alles so *wiedergab*, als sei es sonderbar. Vermutlich würde sich auch dieser Abend mal grotesk ausnehmen in ihrer Schilderung: «Sechs berittene Polizisten galoppierten vorbei, und sie rief: ‹Es schneit!› und fiel ihm um den Hals. Und er hielt ihr unaufhörlich vor, wie krank sie sei, und pumpte uns mit Sherry voll.»

«Und was hat er noch gemacht?» fragte Joan.

«Wo wir zuerst hingingen – ein großer Nachtclub war das, irgendwo auf dem Dach –, da setzte er sich ans Klavier und spielte, bis eine Frau mit Harfe sagte, er solle aufhören.»

Richard fragte: «Hat die Frau auf der Harfe *gespielt*?»

«Ja, sie zupfte dran herum.» Rebecca machte kreisförmige Bewegungen mit ihren Händen.

«Ja, hat er denn dieselbe Melodie gespielt, die *sie* spielte? Hat er sie *begleitet*?» Verdrießlichkeit, merkte Richard, und wußte nicht, weshalb, hatte sich in seinen Ton geschlichen.

«Nein, er setzte sich einfach hin und spielte irgendwas anderes. Ich weiß nicht, was es war.»

«Ist das *wirklich* wahr?» fragte Joan anspornend.

«Und im nächsten Lokal, in das wir dann gegangen sind, mußten wir an der Bar warten, bis ein Tisch frei wurde; ich schaute mich ein bißchen um, und er ging von Tisch zu Tisch und fragte die Leute, ob alles zu ihrer Zufriedenheit sei.»

«War das nicht *peinlich?*» fragte Joan.

«Doch. Später hat er dann auch da Klavier gespielt. Wir waren so was wie die Hauptattraktion dort. Gegen Mitternacht schlug er vor, wir sollten jetzt nach Brooklyn fahren, zu seiner Schwester. Ich war total erschöpft. Wir sind zwei Stationen zu früh aus der Subway gestiegen, unter der Manhattan-Brücke. Es war ganz leer dort, nichts kam vorbei, nur schwarze Limousinen. Meilenweit über unseren Köpfen –» sie starrte nach oben, als spähe sie zu einer Wolke oder zur Sonne hinauf – «war die Manhattan-Brücke, und er behauptete, das sei die Hochbahn. Schließlich fanden wir eine Treppe und zwei Polizisten, die uns zurückschickten zur Subway.»

«Womit verdient dieser erstaunliche Mann seinen Unterhalt?» fragte Richard.

«Er ist Lehrer. Er ist ganz intelligent.» Sie erhob sich und reckte einen langen silberweißen Arm. Richard holte ihren Mantel, und sagte, er werde sie nach Hause begleiten.

«Ich hab aber doch nur ein ganz kurzes Stück», sagte Rebecca, und ihre Stimme entbehrte jeden Nachdrucks.

«Du mußt sie nach Hause begleiten, Dick», sagte Joan. «Bring eine Schachtel Zigaretten mit.» Die Vorstellung, wie er da im Schnee gehen würde, schien ihr Spaß zu machen: als sähe sie ihn schon heimkommen, mit Schnee auf den Schultern und Kälte im Gesicht – alldem, was dieser Weg einbringen würde und wofür sie nicht gesund genug war.

«Du solltest ein paar Tage mit dem Rauchen aufhören», sagte er. Sie winkte ihnen zum Abschied vom obersten Treppenabsatz nach.

Die Flocken fielen kaum sichtbar, außer im Schein der Straßenlaternen, und wehten ihnen mit schwerelosem, romantischem Druck ins Gesicht. «Ziemlich viel, was da runterkommt», sagte Richard.

«Ja.»

An der Ecke, wo der Schnee dem grünen Ampellicht wässerige Bläue gab, folgte sie ihm nur zögernd über die Straße, und er fragte: «Du wohnst doch auf dieser Seite, nicht?»

«Ja.»

«Ich meinte mich nämlich zu erinnern – wir haben dich doch mal von Boston nach Hause gefahren.» Die Maples hatten damals in den westlichen Achtzigern gewohnt. «Ich hab noch dunkel im Kopf, daß da irgendwelche großen Gebäude waren.»

«Die Kirche und die Schlachterschule», sagte Rebecca. «Jeden Tag um zehn, wenn ich zur Arbeit gehe, haben die Jungen, die Schlachter werden wollen, Pause und kommen raus, ganz blutig, und sie lachen.» Rebecca sah an der Kirche hinauf; der Turm zeichnete sich skelettiert gegen die vereinzelt erhellten Fenster eines hohen Gebäudes in der Seventh Avenue ab.

«Arme Kirche», sagte Richard, «ein Turm hat es schwer in dieser Stadt, das Höchste zu sein.»

Rebecca sagte nichts, nicht einmal ihr übliches Ja. Als tadele sie seine Redseligkeit, so empfand er es. In seiner Verwirrung lenkte er ihre Aufmerksamkeit auf das Nächstbeste, das er sah: ein dürftig beschriftetes Schild über einer

hohen Tür. «Berufsschule für Lebensmittel-
händler», las er laut. «Die Leute über uns haben
uns erzählt, daß der Mann, der vor unserem
Vorgänger in unserer Wohnung gewohnt hat,
Fleischwarengroßhändler war und sich *Liefe-
rant für die elegante Küche* nannte. Er hielt sich
eine Freundin in der Wohnung.»

«Die großen Fenster da oben», sagte Rebecca
und zeigte zum dritten Stock eines braunen
Sandsteinhauses hinauf «liegen genau gegenüber von meinem. Ich kann hineinsehen und
habe dann das Gefühl, daß wir Nachbarn sind.
Immer ist jemand da. Ich habe keine Ahnung,
womit die ihr Geld verdienen.»

Sie gingen noch ein paar Schritte und blieben
dann stehen, und Rebecca sagte – mit einer
Stimme, die Richard eine Nuance lauter vorkam
als sonst –: «Magst du mit raufkommen und dir
ansehen, wie ich wohne?»

«Gern.» Es gab keinen Grund, nein zu sagen.

Sie stiegen vier Zementstufen hinauf, öffneten
eine unansehnliche, orangefarbene Tür, traten
in einen überheizten, im Hochparterre gelege-
nen Vorplatz und erklommen dann vier Holz-
treppen. Der Verdacht, der Richard schon auf
der Straße beschlichen hatte, nämlich keines-
wegs mehr in den öffentlichen Anlagen reiner

Höflichkeit zu wandern, verdichtete sich zu schuldhafter Gewißheit. Es gab kaum etwas, dem so sehr der Geruch des Verbotenen anhaftet, wie hinter einem Frauenhintern die Treppe hinaufzusteigen. Joan hatte vor drei Jahren in Cambridge vier Treppen hoch gewohnt, ohne Fahrstuhl, und jedesmal, wenn er sie nach Hause brachte – auch dann noch, als bei ihnen alles, bis zur letzten Intimität, unter Dach und Fach war –, hatte er Angst gehabt, der Hauswirt würde, zu Recht ergrimmt, hinter seiner Tür hervorspringen und ihn verschlingen, sowie sie beide vorbeikämen.

Rebecca öffnete ihre Tür und sagte: «Höllisch heiß hier», und das war der erste Fluch, den er aus ihrem Mund hörte. Sie knipste eine trübe Lampe an. Das Zimmer war klein; schräge Wand- und Deckenflächen – unmittelbar darüber war das Dach – schnitten große, prismatische Teile aus dem Raum. Als Richard weiter ins Zimmer hineinging, auf Rebecca zu, die noch immer im Mantel dastand, entdeckte er rechts von sich einen überraschenden Winkel, der dadurch entstand, daß das steil abfallende Dach hier unmittelbar bis zum Fußboden reichte. Ein Doppelbett stand dort. Fest eingezwängt auf drei Seiten, wirkte es weniger wie ein Möbel-

stück als wie ein permanent installiertes, weiß-
bezogenes Podium. Er wandte hastig die Augen
ab, und unfähig, jetzt, sofort danach, Rebecca
anzusehen, starrte er zwei Küchenstühle an, eine
metallene Stehlampe mit schwenkbarem Arm,
deren Schirm mit einem aufgemalten Fries aus
dicken Fischen und Steuerrädern gesäumt war,
und ein Büchergestell mit vier Brettern: alles
Dinge, die sich schmalbrüstig den schrägen
Wänden anpaßten und von verschreckter Verti-
kalität waren.

«Ja, und dies hier ist der Herd auf dem Kühl-
schrank, von dem ich euch erzählt habe», sagte
Rebecca. «Oder hab ich's nicht erzählt?» Der
obere Apparat ragte auf allen Seiten etliche Zoll
über den unteren hinaus. Richard fuhr mit dem
Finger über die weiße Vorderseite des Herds und
sagte: «Hübsch hier bei dir.»

«Und dies ist mein Ausblick», sagte sie. Er
trat neben sie ans Fenster, schob den Vorhang
weg und sah durch die winzigen, fleckigen
Scheiben zur Wohnung auf der anderen Stra-
ßenseite hinüber.

«Der Bursche da drüben hat aber wirklich ein
riesiges Fenster», sagte er. Rebecca stimmte ihm
zu mit einem kurzen «Mhm». Alle Lampen
brannten in der Wohnung drüben, aber sie war

leer. «Sieht wie ein Möbellager aus», sagte Richard. Rebecca hatte immer noch ihren Mantel an. «Es hört nicht auf zu schneien.»

«Nein.»

«Also dann –» das kam zu laut; und zu leise führte er seinen Satz zu Ende: «Danke, daß du mir dein Zimmer gezeigt hast. Ich – hast du das schon gelesen?» Er zeigte auf die Ausgabe von *Auntie Mame*, die auf einem Fußschemel lag.

«Ich hatte noch keine Zeit dazu», sagte sie.

«Ich hab's auch noch nicht gelesen. Nur Rezensionen. Zu mehr komme ich nie.»

Er hatte es bis zur Tür geschafft. Unsinnigerweise drehte er sich dort um. Nur an der Tür, entschied er später rückblickend, war ihr Benehmen unverantwortlich gewesen: nicht genug damit, daß sie unnötig nahe stand, machte sie sich auch noch dadurch, daß sie ihr Gewicht auf ein Bein verlagerte und den Kopf zur Seite neigte, um mehrere Zentimeter kleiner, machte ihn, Richard, zum Dominierenden, was nur zu gut zu den tiefen, demütigen Schatten paßte, die – sie mußte es gewußt haben – auf ihrem Gesicht lagen.

«Also dann –» sagte er.

«Also dann.» Ihr Echo kam unverzüglich und bedeutete sicher nichts.

«Paß auf, daß die Sch-Schlachter dich nicht erwischen.» Das Stottern verdarb den Scherz natürlich, und ihr Lachen, das eingesetzt hatte, sobald sie von seinem Gesicht ablas, daß er etwas Witziges produzieren wollte, war verstummt, noch ehe er etwas gesagt hatte.

Als er die Treppe hinunterging, stützte sie sich mit beiden Händen auf das Geländer und sah ihm nach. «Gute Nacht», sagte sie.

«Nacht.» Er sah hinauf; sie war ins Zimmer gegangen. Oh, aber sie waren einander nahe.

Zweibettzimmer in Rom

Die Maples hatten schon so lange an eine Trennung gedacht und darüber geredet, daß es schien, sie würden dieses Vorhaben nie verwirklichen. Denn ihre Gespräche, die sich in zunehmend ambivalent und erbarmungslos gestalteten, weil Anklage, Widerruf, Schlag und Liebkosung miteinander wechselten und sich aufhoben, knüpften sie in einer schmerzhaften, hilflosen, demütigenden Intimität nur noch enger zusammen. Ihre körperliche Liebe blieb bestehen, gleich einem pervers robusten Kind, dem selbst die mangelhafteste Ernährung nichts anhaben kann; wenn ihre Zungen endlich schwiegen, vereinigten sich ihre Körper — gleichsam zwei stumme Armeen, die sich zusammentun, endlich erlöst von den absurden Feindseligkeiten, die zwei verrückte Könige verfügt haben. Blutend, zerfleischt, ein dutzendmal ehrerbietig zu Grabe getragen, konnte ihre Ehe doch nicht sterben. Sie brannten darauf, einander zu verlassen, und aus ehelicher Gewohnheit verließen sie ihr Heim gemeinsam. Sie reisten nach Rom.

Sie trafen nachts ein. Die Maschine hatte Verspätung, der Flughafen war verwirrend groß. Sie waren in aller Eile aufgebrochen, ohne irgendwelche Pläne zu machen, und doch, wie von ihrer Ankunft verständigt, tauchten behende, fließend englisch sprechende Italiener auf, trennten sie geschickt von ihrem Gepäck, bestellten telefonisch vom Flughafen aus ein Hotelzimmer für sie und komplimentierten sie in einen Bus. Der Bus fuhr zu ihrer Überraschung in eine ländliche Gegend hinein. Ein paar ferne Fenster hingen wie Laternen in der Dunkelheit; tief unten entblößte ein Fluß unmittelbar seine silbrige Brust; die vorüberfliegenden Silhouetten von Olivenbäumen und Pinien glichen schwarzen Federzeichnungen in einem alten lateinischen Lehrbuch. «Ich könnte ewig in diesem Bus fahren», sagte Joan, und Richard fühlte sich schmerzlich berührt, weil er daran denken mußte, daß sie ihm einmal, als sie noch glücklich miteinander gewesen waren, gestanden hatte, sie sei sexuell erregt worden, als der junge Mann an der Tankstelle, der die Windschutzscheibe mit kräftigen, kreisenden Bewegungen blank rieb, den Wagen und damit auch sie in ein leises Schaukeln versetzte. Von allem, was sie ihm je offenbart hatte, war dies in seinem

28

Gedächtnis haften geblieben als der tiefste, enthüllendste Einblick in die verborgene Frau, die zu erreichen ihm nie gelungen war, so daß er seine Versuche schließlich aufgegeben hatte.

Aber es freute ihn, wenn sie glücklich war. Das war seine Schwäche. Er wollte, daß sie glücklich sei, und die Tatsache, daß er, fern von ihr, nicht wissen konnte, ob sie glücklich war oder nicht, bildete die letzte Schranke, die ihm unerwartet den Weg versperrte, als alle anderen Schranken schon gefallen waren. So trocknete er gerade die Tränen, die er ihren Augen entlockt hatte, widerrief jede Beteuerung der Hoffnungslosigkeit genau in dem Augenblick, da sie bereit schien, die Hoffnung aufzugeben – und ihrer beider Qual ging weiter. «Nichts dauert ewig», sagte er jetzt.

«Kannst du mir nicht wenigstens einen Moment Ruhe gönnen?»

«Entschuldige. Ich wollte dich nicht stören.»

Sie starrte eine Zeitlang aus dem Fenster, dann drehte sie sich wieder zu ihm um. «Es kommt mir gar nicht so vor, als ob wir nach Rom fahren.»

«Wohin führt unser Weg?» Er wollte es wirklich wissen, hoffte aufrichtig, sie könnte es ihm sagen.

«Zurück zu dem, was war?»

«Nein, zurück will ich nicht. Mir scheint, wir haben einen sehr weiten Weg hinter uns und sind kurz vor einem Ziel.»

Sie blickte geraume Zeit auf die Landschaft hinaus, bevor er merkte, daß sie weinte. Er unterdrückte den Impuls, sie zu trösten, verdammte ihn innerlich als feige und grausam, doch seine Hand, als wäre sie durch eine Kraft, mächtig wie das Verlangen, von einem Zwang befreit, kroch zu ihrem Arm. Sie legte den Kopf an seine Schulter. Die Frau im Umschlagtuch auf der anderen Gangseite hielt sie für Hochzeitsreisende und wandte diskret den Blick ab.

Der Bus ließ die ländliche Gegend hinter sich. Fabriken und Wohnhäuser verengten die Straße. Plötzlich ragte ein Denkmal neben ihnen auf, eine mächtige weiße Pyramide mit einer lateinischen Inschrift, von Scheinwerfern angestrahlt. Wenig später preßten sie beide das Gesicht an die Scheibe, um das Colosseum zu bewundern, das einem zusammengefallenen Hochzeitskuchen glich. Vom Bus aus gesehen schien es sich langsam zu drehen, bevor es lautlos ihren Blicken entschwand. An der Endstation brachte eine andere lebhafte Kette von Händen und Stimmen sie wieder mit ihrem Gepäck zusammen, verfrachtete sie in ein Taxi und expedierte sie zum Hotel. Als Richard sechs Hundert-Lire-Stücke in die Hand des Fahrers fallen ließ, dünkten sie ihn die glattesten, rundesten, am taktvollsten abgewogenen Münzen, die er je ausgegeben hatte. Zur Hotelrezeption ging es eine Treppe hinauf. Der Empfangschef war ein junger, zu Scherzen aufgelegter Mann. Er sprach ihren Namen mehrmals aus und fragte, warum sie nicht lieber nach Neapel gefahren seien, dessen englischer Name – Naples – sich so schön auf ihren Namen reime. Am Flughafen hatte man ihnen gesagt, das Hotel sei «gute Mittelklasse», aber die Fußböden der Korridore waren immerhin aus rosenfarbenem Marmor. Auch ihr Zimmer hatte einen Marmorfußboden. Dies und die Geräumigkeit des Badezimmers und der kaiserliche Purpur der Vorhänge blendeten Richard so sehr, daß er erst wieder zu sich kam, als der Page, der aus Freude über das vielleicht zu reichlich bemessene Trinkgeld die Hacken zusammengeknallt hatte, schon außer Sicht war.

«Zwei Betten», sagte er. Sie hatten sonst immer ein Doppelbett gehabt.

«Willst du ihn zurückrufen?» fragte Joan.

«Legst du großen Wert darauf?»

«Ach, so wichtig ist das doch nicht. Kannst du allein schlafen?»

«Ich denke schon. Aber...» Es war eine heikle Angelegenheit. Er hatte das Gefühl, sie seien beleidigt worden. Solange sie sich noch nicht endgültig getrennt hatten, schien es unerhört, daß sich irgend etwas zwischen sie schob, und sei es auch nur der Raum zwischen zwei Betten. Wenn diese Reise über Sein oder Nichtsein ihrer Ehe entscheiden sollte (und das war zum zehntenmal ihr Slogan), dann mußte das Streben nach einem positiven Ergebnis eine gewisse technische Reinheit besitzen, selbst wenn – besser gesagt, um so mehr als – Richard diesen Versuch in seinem Innern schon zum Scheitern verurteilt hatte. Außerdem war da die materielle Frage, ob er schlafen konnte, wenn er keinen warmen Körper neben sich hatte, der seinem Schlaf Form verlieh.

«Aber was?»

«Aber ich finde es irgendwie... traurig.»

«Richard, sei nicht traurig. Du bist lange genug traurig gewesen. Du sollst dich hier entspannen und erholen. Wir sind ja nicht auf der Hochzeitsreise oder so, wir versuchen nur, uns gegenseitig etwas Ruhe zu gönnen. Und wenn du gar nicht schlafen kannst, darfst du gern zu mir ins Bett kommen.»

«Du bist eine so nette Frau», sagte er. «Ich begreife einfach nicht, warum ich mit dir so unglücklich bin.»

Er hatte dies oder ähnliches schon so oft gesagt, daß sie, angeekelt von dem Honig-Galle-Gemisch, die Bemerkung ignorierte und mit betonter Ruhe ans Auspacken ging. Auf ihren Vorschlag hin machten sie dann noch einen Bummel durch die Stadt, obwohl es schon 10 Uhr war. Ihr Hotel lag in einer Geschäftsstraße, die um diese Zeit von heruntergelassenen Rolläden gesäumt war. In einiger Entfernung plätscherte ein beleuchteter Brunnen. Richards Füße, die ihn sonst nie schmerzten, taten auf einmal entsetzlich weh. In der weichen, feuchten Luft des römischen Winters schienen sich in seinen Schuhen heiße Wölbungen gebildet zu haben, die ihn bei jedem Schritt drückten. Er konnte sich nicht erklären, woher das kam – vielleicht war er empfindlich gegen Marmor. Seiner Füße wegen setzten sie sich in eine amerikanische Bar und bestellten Kaffee. Irgendwo im Hintergrund tönte eine betrunkene männliche amerikanische Stimme monoton durch die Rillen eines unverständlichen, aber eindeutig weiblichen Klagegeleiers; tatsächlich klang die Stimme gar nicht männlich, sondern eher wie die einer Frau, nur

33

dunkler getönt durch eine zu langsame Umdrehungszahl des Plattenspielers. In der Hoffnung, eines wachsenden Leeregefühls Herr zu werden, bestellte Richard einen ‹Hamburger›, der mehr aus Tomatensauce als aus Fleisch bestand. Auf der Straße kaufte er dann einem Händler geröstete Kastanien ab. Der Mann, dessen Daumen und Fingerspitzen kohlschwarz waren, bewegte die Hand, bis 300 Lire in ihr lagen. In gewisser Hinsicht begrüßte es Richard, daß man ihn ausnahm; es verlieh ihm einen Platz in der römischen Wirtschaft. Die Maples kehrten ins Hotel zurück und fielen nebeneinander in ihren zwei Einzelbetten mühelos in tiefen Schlaf.

Das heißt, Richard nahm in den Buchführungsgewölben seines Unterbewußtseins an, daß auch Joan gut schlief. Aber als sie am nächsten Morgen aufwachten, sagte sie: «Du warst schrecklich komisch heute nacht. Ich konnte nicht einschlafen, und jedesmal, wenn ich den Arm ausstreckte und dir einen kleinen Klaps gab, damit du denken solltest, du wärst in einem Doppelbett, hast du ‹Geh weg› geknurrt und mich abgeschüttelt.»

Er lachte entzückt. «Hab ich das wirklich getan? Im Schlaf?»

«Es muß wohl im Schlaf gewesen sein. Einmal hast du so laut ‹Laß mich in Ruhe!› gerufen, daß ich dachte, du wärst wach, aber als ich dann mit dir sprechen wollte, hast du geschnarcht.»

«Na, so was! Hoffentlich habe ich dich damit nicht gekränkt.»

«Nein. Es war sehr erfrischend, dich einmal frei von der Leber weg reden zu hören.»

Er putzte sich die Zähne und aß ein paar von den übriggebliebenen, jetzt kalten Kastanien. Nach dem Frühstück im Hotel – es gab zähe Brötchen und bitteren Kaffee – gingen die Maples wieder auf Besichtigungstour. Wie am Vorabend machten Richard die drückenden Schuhe zu schaffen. Die Stadt schien zu erraten, was er am dringendsten brauchte, denn sie präsentierte sogleich mit eigenartiger, fast spöttischer Zuvorkommenheit ein Schuhgeschäft. Sie traten ein, und Richard erstand bei einem schlangenhaft anmutigen jungen Verkäufer ein Paar leichte schwarze Alligatorslipper. Sie hatten zwar eine modisch schmale Form, aber sie waren wenigstens tot – sie zwickten ihn nicht so brutal und rachsüchtig wie die anderen. Dann wanderten die Maples, sie mit dem Hachette-Reiseführer in der Hand, er mit dem Karton, der seine amerikanischen Schuhe enthielt, die Via

Nazionale hinunter zum Monumento Vittorio Emanuele, einer gigantischen Treppe, die ins Nichts führte. «Was war so groß an ihm?» fragte Richard. «Hat er Italien geeint? Oder war das Cavour?»

«Ist er der komische kleine König aus Hemingways *In einem andern Land*?»

«Ich weiß nicht. Aber so groß kann niemand sein.»

«Verstehst du jetzt, weshalb die Italiener keine Minderwertigkeitskomplexe haben? Hier ist alles so riesenhaft.»

Sie betrachteten den Palazzo Venezia, bis sie glaubten, Mussolini stirnrunzelnd an einem Fenster stehen zu sehen, stiegen die vielen Stufen zur Piazza del Campidoglio hinauf und kamen zu dem Reiterstandbild Marc Aurels auf dem Sockel von Michelangelo. Joan meinte, es erinnere sehr an Marino Marini, und das stimmte; ihre Intuition hatte achtzehn Jahrhunderte übersprungen. Sie war so klug. Vielleicht war es das, was ein Fortgehen von ihr als Geste in der Konzeption so köstlich und in der Ausführung so schwierig machte. Sie gingen um den Platz herum. Die Portale und Türen aller Gebäude schienen wie die Türen auf einem Bild für ewige Zeiten geschlossen zu sein. Nur eine Seitentür der Kirche Santa Maria in Aracoeli war offen, und dort traten sie ein. Sie entdeckten, daß sie über Schlafende hinwegschritten, über lebensgroße, von ungezählten Füßen fast zur Unkenntlichkeit abgewetzte Grabreliefs. Die Finger der auf steinernen Brüsten gefalteten Hände waren zu fingerförmigen Schemen geglättet. Ein Gesicht, das hinter einer Säule der Abnutzung entgangen war, schien eine lebende Seele zu sein, die sich von ihrem nahezu ausgelöschten Körper zu erheben suchte. Die Reliefs waren in einen Boden eingelassen, der einmal ein glitzernder Mosaiksee gewesen sein mußte. Nur die Maples betrachteten diese Grabmäler; die anderen Touristen drängten sich um die Kapelle, in der hinter Glas die kindergroßen grünlichen Überreste eines Papstes in Pantoffeln und Ornat aufbewahrt wurden. Joan und Richard verließen die Kirche durch die Seitentür, stiegen mehrere Stufen hinunter und lösten Eintrittskarten für das Forum Romanum. Die Renaissance hatte das Ruinenfeld als Steinbruch benutzt; überall lagen geborstene Säulen herum, mit Perspektive befrachtet wie ein Gemälde von de Chirico. Joan war entzückt, daß Vögel und Unkraut in den Ritzen und Spalten dieser Traumrelikte lebten. Ein ganz leichter Regen hatte eingesetzt. Am

Ende eines Weges spähten sie durch Glastüren, und ein kleiner uniformierter Mann mit einem Besen kam herbeigehinkt und ließ sie in die leere Kirche Santa Maria Antiqua eintreten, verstohlen wie in eine Kneipe mit verbotenem Alkoholausschank. Die bleiche, gewölbte Luft wirkte frei von frommer Andacht; die Fresken aus dem 7. Jahrhundert schienen erst vor kurzem in nervöser Eile gemalt worden zu sein. Beim Hinausgehen las Richard die Frage in dem Lächeln des Mannes mit dem Besen und drückte ihm eine taktvolle Münze in die Hand. Wieder stäubte der feine Regen auf sie herab. Joan hakte sich bei ihrem Mann ein, als suche sie Schutz. Richard begann der Magen zu schmerzen – ein leichter, reibender Schmerz zunächst, kaum ausreichend, ihn von dem Brennen in seinen Füßen abzulenken. Sie gingen die Via Sacra entlang, durch heidnische Tempel ohne Dach, ausgelegt mit Grasteppichen. Der Schmerz in Richards Magen wurde heftiger. Uniformierte Wächter, alte Männer, die hier und dort im Regen standen wie hungrige Möwen, winkten ihnen, um sie auf weitere Ruinen, weitere Kirchen aufmerksam zu machen, doch Richard konnte jetzt nur noch daran denken, wie weit er von allem entfernt war, was ihm vielleicht Linderung verschaffen konnte. Er lehnte den Besuch der Basilica Constantini ab und fragte statt dessen nach einer *uscita*. Er hatte einfach nicht mehr die Kraft, zum Eingang zurückzugehen. Der Wächter, der eine Trinkgeldquelle entschwinden sah, deutete mürrisch auf ein Pförtchen in einem Drahtzaun. Die Maples öffneten das Schnappschloß, traten hinaus und standen auf der Anhöhe, von der aus man das Colosseum überblickte.

Richard ging ein Stück und lehnte sich dann an eine niedrige Mauer.

«Ist es so schlimm?» fragte Joan.

«Scheußlich», sagte er. «Entschuldige, ich weiß gar nicht, was mit mir los ist.»

«Mußt du dich übergeben?»

«Nein. Das ist es nicht.» Er sprach mühsam, abgehackt. «Es ist nur… eine Art Bauchgrimmen.»

«Oben oder unten?»

«In der Mitte.»

«Wovon kann das kommen? Von den Kastanien?»

«Nein. Ich glaube, es liegt einfach daran… daß ich hier bin, so weit fort von allem, mit dir… und nicht weiß… warum.»

«Möchtest du zurück ins Hotel?»

«Ja. Wenn ich mich hinlege…»

«Wollen wir ein Taxi nehmen?»

«Die hauen mich wieder... übers Ohr.»

«Das spielt doch jetzt keine Rolle.»

«Ich weiß... die Adresse nicht.»

«Wir wissen aber so ungefähr, wo es ist. Ganz in der Nähe dieses großen Brunnens. Ich sehe gleich mal im Wörterbuch nach, was Brunnen auf italienisch heißt.»

«Rom ist... voll von... Brunnen.»

«Richard, du machst das doch nicht nur meinetwegen?»

Er mußte lachen, sie war so klug. «Nicht bewußt. Es hat etwas zu tun... mit dem ewigen... Trinkgeldgeben. Ich habe wirklich Schmerzen. Es ist unglaublich.»

«Kannst du gehen?»

«Klar. Faß mich unter.»

«Soll ich dir nicht den Schuhkarton abnehmen?»

«Nein. Mach dir keine Sorgen, Schatz. Es hängt mit den Nerven zusammen. Ich hatte es oft... als ich klein war. Aber damals war ich... tapferer.»

Eine Treppe führte zu einer Straße hinunter, auf der starker Verkehr herrschte. Die Taxis, denen sie winkten, waren alle besetzt und hielten nicht an. Sie überquerten die Via dei Fori Impe-

riali und versuchten, sich durch die Fahrzeug-
ströme aus den Nebenstraßen in das Viertel mit
dem Brunnen, der amerikanischen Bar, dem
Schuhgeschäft und ihrem Hotel vorzuarbeiten.
Dabei gerieten sie auf einen grellbunten Viktua-
lienmarkt. Wurstgirlanden hingen von gestreif-
ten Markisendächern herab. Haufen von Salat-
köpfen lagen auf der Straße. Richard ging steif-
beinig, als wäre der Schmerz, den er in sich trug,
eine kostbare, zerbrechliche Last; wenn er den
einen Arm auf den Leib preßte, schien es ein bißchen besser zu werden. Der Regen und Joan waren in gewisser Weise die Kräfte gewesen, die
den Schmerz ausgelöst hatten, und jetzt wurden
sie zu den Kräften, die ihm halfen, ihn zu ertragen. Joan stützte ihn beim Gehen, und der Regen
verschleierte ihn, ließ seine Gestalt für die Pas-
santen und dadurch auch für ihn selbst verschwommen erscheinen und nahm auf diese
Weise dem Schmerz die Schärfe. Die Straßen, die
sie hinauf- und hinabstiegen, kamen ihm grausam steil vor. Neben der Banca d'Italia mußten
sie einen langen, schmalen Bürgersteig erklim-
men. Es regnete nicht mehr. Der Schmerz, der in
jedem Winkel des Raumes unter den Rippen
vorgedrungen war, hatte sich mit einem Messer
bewaffnet und begann wild um sich zu schlagen,

als wollte er die Bauchwand aufschlitzen und sich so einen Weg ins Freie bahnen. Ein paar Querstraßen vom Hotel entfernt erreichten sie die Via Nazionale. Die Läden waren jetzt geöffnet, den Brunnen hatte man abgestellt. Richard kam es vor, als lehne er sich zurück; sein Denken schien so etwas wie ein Zweig zu sein, ein Zweig, der sich von seinem Stamm entfernt hatte und lieber an dieser Stelle sitzen wollte als an jener oder doch lieber anderswo und der bei jedem Wechsel etwas dünner geworden war, bis ihm schließlich nichts anderes übrigblieb, als sich in Luft aufzulösen. Im Hotelzimmer legte Richard sich auf sein Bett, rollte sich, in den Mantel gehüllt, zusammen und schlief sofort ein.

Etwa eine Stunde später wachte er auf, und alles war anders. Er hatte keine Schmerzen mehr. Joan lag auf ihrem Bett und las in dem Hachette-Reiseführer. Er sah sie, als er sich zu ihr umdrehte, mit ganz anderen Augen: in jenem kühlen Bibliothekslicht, in dem er sie zum erstenmal gesehen hatte; nur wußte er, und es war ein ruhiger Gedanke, daß sie inzwischen zu ihm gekommen war, um sein Zimmer zu teilen. «Die Schmerzen sind weg», sagte er.

«Du machst wohl Witze. Ich war drauf und dran, nach einem Arzt zu schicken und dich ins Krankenhaus bringen zu lassen.»

«Nein, so schlimm war es nicht. Ich hab's gleich gewußt. Eine Nervensache, weiter nichts.»

«Du warst leichenblaß.»

«Es ist zu vieles auf mich eingestürmt. Ich glaube, das Forum hat sich mir auf die Seele gelegt. Die Vergangenheit wirkt da so drückend. Und gedrückt haben mich auch meine Schuhe.»

«Liebling, das ist eben Rom. Hier hast du glücklich zu sein.»

«Jetzt bin ich's ja auch. Komm, laß uns essen gehen, du bist bestimmt schon ganz schwach vor Hunger.»

«Willst du wirklich aufstehen? Fühlst du dich kräftig genug?»

«Unbedingt. Ich bin wieder ganz in Ordnung.» Und so war es auch, bis auf ein angenehm nachklingendes Grimmen, das schon beim ersten Bissen Mailänder Salami verschwand. Die Maples nahmen abermals Rom in Angriff, und in dieser Stadt der Stufen, der gleitenden, sich entfaltenden Perspektiven, der vielfenstrigen Flächen von Sepia und rosigem Okker, der weitläufigen Gebäude, in denen man sich wie im Freien vorkam, in dieser Stadt trennten sie sich. Nicht physisch – es kam selten vor, daß sie einander aus den Augen verloren. Aber sie waren endlich getrennt worden, und sie wußten es beide. Im Umgang miteinander waren sie wie in der Zeit ihrer jungen Liebe: höflich, heiter und ruhig. Ihre Ehe löste sich gleich einer übermäßig gewachsenen Kletterpflanze, in deren halb verborgenen Stamm ein alter Gärtner im Morgengrauen seine Axt geschlagen hat. Sie gingen Arm in Arm durch scheinbar fest zusammenhängende Gebäudeblocks, die bei näherer Betrachtung in deutlich getrennte Stil- und Zeitschichten zerfielen. Einmal wandte sie sich ihm zu und sagte: «Liebling, ich weiß, was mit uns nicht gestimmt hat. Ich bin klassisch, und du bist barock.» Sie kauften ein, besichtigten, schliefen, aßen. Als Richard ihr gegenübersaß in dem letzten der Restaurants, die wie Oasen aus Tischleinen und Wein die Stützpunkte dieser ausgeglichenen elegischen Tage gewesen waren, sah er, daß sie glücklich war. Ihr von der Anspannung des Hoffens befreites Gesicht war weich und glatt geworden; ihre Gesten hatten jetzt die flirtende Ironie der Jugend; sie interessierte sich ekstatisch für alles, was um sie herum geschah; und sie sprach, als sie sich vorbeugte, um ihm eine Bemerkung über eine Frau und einen gut aussehenden Mann an einem Nachbartisch zuzuflüstern, mit schneller Stimme, als wäre sogar ihre Atemluft dünn und frei geworden. Sie war glücklich, und er, eifersüchtig auf ihr Glück, wurde wieder wankend in seinem Entschluß, sie zu verlassen.

Der Geschmack von Metall

Strenggenommen hat Metall keinen Geschmack; sein Vorhandensein im Mund wird als
disziplinierend empfunden, als ein *Nein* gegenüber jedem anderen Geschmack. Als Richard
Maple sich nach dreißig Jahren der Schmerzen,
der ausgebrochenen Ecken und gelegentlichen
Extraktionen Kronen über die ihm verbleiben-
den Backenzähne machen ließ und Brücken über
die Lücken, fühlte sich das Gold kühl an seinen
Wangen an, und die glatte Oberfläche verklei-
dete Löcher und Unebenheiten, die eine Art
Spiegel gewesen waren, in dem seine Zunge sich
kennengelernt hatte. An dem Freitag, an dem alles endgültig einzementiert wurde, ging er zu
einer kleinen Party. Während er eine Vielzahl
von Getränken trank, die alle ziemlich gleich
schmeckten, gingen seine anfänglichen leichten
Minderwertigkeitsgefühle (seine eigenen Zähne
waren zu Zahnstümpfen abgeschliffen worden)
in leichte Selbstüberschätzung über. Der ver-
änderte Klang, der jedesmal, wenn er Ober- und
Unterkiefer aufeinanderbiß, seinen Schädel

durchdrang, entsprach in etwa der erhöhten Klarheit, die den Geist nach einer religiösen Bekehrung erfüllt. Er sah die anderen Gäste mit neuer Klarsicht, mit einer Schärfe des Blicks, die wie bei einer Kamera spezifisch und im Fokus begrenzt war. Er konnte jeweils nur eine Person sehen, und er stellte fest, daß er sich weniger auf seine Frau Joan als auf Eleanor Dennis konzentrierte, die langbeinige Ehefrau eines Verkäufers von Kommunalobligationen.

Daß er Eleanor so klar umrissen sah, hatte zum Teil mit dem juristischen Umstand zu tun, daß sie und ihr Mann «getrennt» lebten. Dazu war es erst vor kurzem gekommen; seine Abwesenheit bei der Party fiel auf. Eleanor hatte im Laufe eines Lebens, das sie als ein unablässiges quälendes Überleben beschrieb, die kaltschnäuzigen gesellschaftlichen Umgangsformen entwickelt, die private Katastrophen vor der Öffentlichkeit ins Komische kehren; aber an diesem Abend war ihre Unruhe nur unvollkommen verdeckt. Sie horchte, wie auf ein Echo, das nicht kam; und sie kreuzte nervös die Beine und stellte sie wieder nebeneinander. Ihre Beine waren hübsch und lebhaft und so lang, daß sie nach Mitternacht, als die Gesellschaftsspiele begannen, ihren kurzen Rock hochzog und der oberen

Kante eines Türrahmens einen Tritt versetzte. Der Gastgeber balancierte ein Glas Wasser auf seiner Stirn. Richard führte einen Kopfstand vor, kippte versehentlich nach vorn und war entzückt über seine Weichheit, die er als ironischen Kommentar seiner neuen metallenen Zähne zum Thema Fleisch empfand. Er war ganz Sterblichkeit, ganz poröse Abnutzung, bis auf diese Sterne in seinem Kopf unzugängliche Polarlichter im Zenit seines langsamen Wirbelns.

Seine Frau trat zu ihm mit einem Gesicht, das so gefällig und narbenlos war wie das Zifferblatt einer Uhr. Es war Zeit, sich auf den Heimweg zu machen. Und sie mußten Eleanor mitnehmen. Zu dritt gingen sie, begleitet von ihrer Gastgeberin mit den Ohrgehängen und den Kaffeeflecken auf dem Hosenrock, zur Haustür und stellten fest, daß draußen ein Schneesturm tobte. So weit das Auge reichte, fielen Flocken in dichtem Gestöber durch die wispernde lavendelfarbene Nacht. «Gott schütze uns alle», sagte Richard.

Ihre Gastgeberin schlug vor, daß Joan fahren solle.

Richard küßte sie auf die Wange und spürte den bitteren Metallgeschmack ihres Ohrrings und setzte sich hinter das Steuer. Sein Wagen war ein funkelnagelneuer Corvair; er würde nicht im Traum daran denken, ihn jemand anders fahren zu lassen. Joan kroch auf den Rücksitz, murrend, um zu betonen, wie unbequem das sei, und Eleanor arrangierte neben ihm gelassen ihren Mantel, ihr Geldtäschchen und ihre Beine. Der Motor sprang an. Richard kam sich wie auf federnde Kissen gebettet vor: Eleanor war neben ihm, Joan hinter ihm, Gott über ihm, die Straße unter ihm. Der rasch fallende Schnee tauchte leuchtend – explosiv, chrysanthemenartig – in die Scheinwerferstrahlen des Autos ein. Auf einem kleinen Hügel drehten die Räder durch – ein lockeres, beruhigendes Geräusch, wie das Gleiten eines Regenmantels.

In der mit Knöpfen versehenen Dunkelheit, die vom grünen Lichtschein des Geschwindigkeitsmessers erhellt wurde, sprach Eleanor, die reichlich Knie zeigte, ausführlich über ihren von ihr getrennt lebenden Mann: «Ihr habt keine *Ahnung*», sagte sie, «ihr beide seid so behütet, ihr habt keine Ahnung, wozu Männer fähig sind. Ich wußte es selber nicht. Ich möchte nichts Unfreundliches sagen, ich hatte neun ganz passable Jahre mit ihm, und ich würde nicht im *Traum* daran denken, ihn mit den Besuchsregelungen für die Kinder zu strafen, wie manche

Frauen es täten, aber dieser *Mann!* Wißt ihr, was er die Frechheit hatte, mir zu sagen? Er hat mir doch tatsächlich gesagt, wenn er· mit einer anderen Frau zusammen ist, macht er manchmal die Augen zu und stellt sich vor, *ich* wäre es!»

«Manchmal», sagte Richard.

Seine Frau hinter ihm sagte: «Darling, hast du gemerkt, daß die Straße rutschig ist?»

«Das sieht nur im Scheinwerferlicht so aus», erklärte er ihr.

Eleanor kreuzte die Beine und stellte sie wieder nebeneinander. Ihr halber Oberschenkel leuchtete in dem intimen grünen Lichtschimmer. Sie redete weiter. «Und seine *Reisen.* Ich habe mich gefragt, warum diese eine Stadt immer wieder Kommunalobligationen ausgab. Ich hatte schon Mitleid mit dem Bürgermeister; ich dachte, sie gingen Bankrott. Wenn ich so zurückschaue, wird mit klar, wie *brav* ich gewesen bin, wie sehr in Anspruch genommen von den Kindern und dem Haus, immer am Telefon, ich habe mit der Baufirma gesprochen, mit dem Klempner, dem Gaswerk, damit die neue Küche ja rechtzeitig zum Erntedankfest, wenn seine alberne, *alberne* Mutter zu Besuch kam, fertig wäre. Mindestens einmal am Tag schärfte ich das Tranchiermesser. Gott sei Dank, daß dieser Abschnitt meines Lebens vorbei ist. Ich sprach mit seiner Mutter, vermutlich weil ich Mitleid erwartete, aber sie fragte mich nur entrüstet, was ich mit ihrem Jungen gemacht hätte! Die Kinder und ich haben allein gegessen, Thunfischbrote, und es war das erste Erntedankfest, das mir wirklich Spaß gemacht hat, ehrlich.»

«Ich habe immer Schwierigkeiten», sagte Richard zu Eleanor, «die zweite Keule zu finden.»

Joan sagte: «Darling, du weißt doch, daß gleich diese schreckliche Kurve kommt?»

«Du solltest meinen Schwiegervater beim Tranchieren sehen. Schnipp, schnapp, schnapp, schnipp. Das Blut gerinnt einem in den Adern.»

«Und an meinem Geburtstag, meinem *Geburtstag*», sagte Eleanor und versetzte versehentlich der Heizung einen Tritt, «ist der Schweinehund mit seiner Puppe essen gegangen, und dann hat er mir auch noch erzählt, hat *mir* alle Ernstes erzählt – Männer sind unglaublich –, daß er zum Nachtisch Kuchen bestellt hat. Mir zu Ehren! Die Nacht, in der er mir all dies beichtete, war für mich das Ende der Welt, aber ich mußte lachen. Ich habe ihn gefragt, ob er den Leuten im Restaurant gesagt hat, daß sie eine Kerze auf den Kuchen stecken sollen. Er sagte, er habe daran gedacht, aber er hätte sich nicht getraut.»

Richards teilnehmendes Lachen blieb in der Schwebe, als das Auto in der Kurve anfing zu schleudern. Ein dunkler senkrechter Schatten erschien mitten auf der Windschutzscheibe, und Richard wollte ihn von dort entfernen, aber der Wagen widersetzte sich dem Lenkrad und näherte sich statt dessen, wie magnetisch angezogen, einem Telegrafenmast, der an seiner Position in der Mitte der Windschutzscheibe hartnäckig festhielt. Der Mast wurde größer. Die kleinen Kerben, die die Leute vom Störungstrupp mit ihren Abstützeisen ins Holz geschlagen hatten, wurden im Scheinwerferlicht überdeutlich, und dann gab es einen dumpfen Aufprall, der erstaunlich unzweideutig war, wenn man bedachte, wie beiläufig das Ganze sich abgespielt hatte. Richard spürte die plötzliche Verweigerung von Bewegung, das Nein, und wußte, obwohl sein Geist tief eingebettet war in wattige Gleichgültigkeit, daß etwas geschehen war, was er in einer anderen Inkarnation bedauern würde.

«Du Idiot», sagte Joan. Ihre Stimme war an seinem Ohr. «Dein schönes neues Auto.» Sie

fragte: «Eleanor, alles in Ordnung bei dir?»
Und in etwas höherer Stimmlage noch einmal:
«Alles in Ordnung?» Es hörte sich an wie
Schimpfen.

Eleanor kicherte leise, verlegen. «Mir geht's
gut», sagte sie, «nur daß ich meine Beine irgendwie nicht bewegen kann.» Die Windschutzscheibe vor ihrem Kopf war ein Gewebe
aus Licht, ein explodierter Stern.

Entweder war das Radio eingeschaltet gewesen oder es hatte sich selbst eingeschaltet, denn
sanfte, nachdenkliche Musik flutete aus einer
zeitlosen Sphäre. Richard erkannte sie als eine
von Händels Oboensonaten. Er merkte, daß
seine Knie irgendwie weh taten. Eleanor war
nach vorn gerutscht und schien nicht fähig, ihre
übereinandergeschlagenen Beine nebeneinander zu stellen. Schrecklicherweise wimmerte sie
leise vor sich hin. Joan fragte: «Liebling, hast
du nicht gemerkt, daß du zu schnell fuhrst?»

«Ich bin wirklich ein Idiot», sagte er. Musik
und Schnee rieselten auf sie herunter, und er
bildete sich ein, wenn die Oboensonate rückwärts liefe, würden sie sich auch rückwärts
vom Telegrafenmast entfernen und wieder auf
dem Heimweg sein. Die kurze Entfernung von
ihren Häusern, eben noch in Minuten zu mes-

sen, war eingefroren und unermeßlich geworden.

Mit Hilfe ihrer Hände stellte Eleanor ihre Beine nebeneinander und setzte sich aufrecht hin. Sie steckte sich eine Zigarette an. Richard stieg mit knackenden Knien aus dem Auto und versuchte es zurückzuschieben. Er forderte Joan auf, nach vorn zu kommen und sich ans Steuer zu setzen. Ihre Bewegungen waren unbeholfen, als sie sich aus dem Dunkel ins Helle und wieder ins Dunkel tasteten. Die Scheinwerfer brannten noch, aber die Strahlen waren nach innen gerichtet, aufeinander zu. Der Corvair hatte vorn einen Hohlraum, der Motor befand sich hinten. Seine Vorderseite, ein leidenschaftsloses Insektengesicht, war unlösbar um den Telegrafenmast gebogen; die Stoßstange war zu geschlossenen Kinnladen geworden. Als Richard schob und Joan Gas gab, drehten die Räder jaulend im Leeren. Die sanfte, sie umzingelnde Nacht dehnte sich, über dem Schnee und jenseits des Schnees. Kein erleuchtetes Fenster hatte auf ihren Unfall reagiert.

Joan, die ein soziales Gewissen hatte, fragte: «Warum kommt niemand und hilft uns?»

Eleanor, mit der Stimme bitterer Erfahrung, antwortete: «Gegen diesen Mast knallt so oft

54

jemand, daß es nur eine lästige Störung für die Leute ist.»

Richard verkündete: «Ich bin zu betrunken, um der Polizei entgegenzutreten.» Die Bemerkung hing mit neonheller Klarheit in der Nacht.

Ein Auto näherte sich, verlangsamte die Geschwindigkeit, hielt. Eine Scheibe wurde heruntergekurbelt, eine ängstliche männliche Stimme ertönte: «Alles in Ordnung?»

«Nicht ganz», sagte Richard. Es befriedigte ihn, daß er trotz Belastung fähig war, sich exakt auszudrücken.

«Ich könnte jemanden zum nächsten Telefon mitnehmen. Ich komme gerade von einem Poker-Abend.»

Eine Lüge, schloß Richard, warum erwähnte er es sonst? Das Gesicht des Jungen hatte die verschwommene Blässe eines sexuell Erschöpften. Darauf bedacht, jedem Wort Gewicht zu verleihen, erklärte Richard ihm: «Einer von uns kann sich nicht bewegen; ich bleibe besser bei ihr. Wenn Sie meine Frau zu einem Telefon fahren könnten, wären wir Ihnen wirklich sehr dankbar.»

«Wo soll ich anrufen?» fragte Joan.

Richard schwankte zwischen der Party, die sie gerade verlassen hatten, ihrem Babysitter zu

Hause und Eleanors Mann, der in einem Motel an der Route 128 lebte.

Der Junge antwortete für ihn: «Bei der Polizei.»

Wie Iphigenie die in eine Flaute geratene Flotte in Aulis errettete, so stieg Joan in den Wagen des Fremden, einen rostigen roten Mercury. Das Auto entschwand durch den Schnee, der jetzt nachließ. Es war nur ein kurzes Schneegestöber gewesen, eine Illusion, heraufbeschworen, um diesen einen Verweis zu erteilen. Es würde nicht einmal etwas davon in den morgigen Zeitungen stehen.

Richards Knie fühlten sich an, als ob Eiszapfen gegen den empfindlichen Punkt unter den Kniescheiben gepreßt würden, dort, wo das Hämmerchen des Arztes nach dem Reflex sucht. Er setzte sich wieder hinter das Lenkrad und schaltete die Scheinwerfer aus. Er schaltete die Zündung aus. Eleanors Zigarette glühte. Obwohl er noch von Alkohol umnebelt war, konnte er nicht ganz den Metallgeschmack in seinen Zähnen vergessen. Das eindeutige, glatte *Nein*: durch mehrere traumartige dicke Schichten hindurch hatte ihn etwas sehr Hartes berührt. Einmal, als er in der Brandung geschwommen war, hatte ihn eine große Welle verschlungen. Tonnen von jähen Wogen hatten ihn umschlossen und mit einem gnadenlosen Achselzucken tief hinunter in dichte grüne Bitterkeit gestoßen, ihn seines Gewichtes beraubt. Sein Kämpfen war vergeblich; er war ein Nichts in der Welle. Keine Spur von Haß. Der Welle war es völlig gleichgültig gewesen.

Er versuchte, sich bei der Frau, die in der Dunkelheit neben ihm saß, zu entschuldigen.

Sie sagte: «Oh, bitte. Ich bin sicher, daß ich mir nichts gebrochen habe. Schlimmstenfalls werde ich ein paar Tage an Krücken laufen.» Sie lachte und fügte hinzu: «Dies scheint einfach kein gutes Jahr für mich zu sein.»

«Tut es weh?»

«Nein, überhaupt nicht.»

«Du hast wahrscheinlich einen Schock. Dir wird kalt sein. Ich mache die Heizung wieder an.» Richard wurde allmählich nüchtern, und unendliche Trübsal senkte sich auf ihn herab. Nie, nie wieder würde sein Auto neu sein, würde er auf seinem eigenen Zahnschmelz kauen, würde sie mit ihren lebhaften langen Beinen so hoch treten. Er schaltete die Zündung wieder ein und ließ den Motor an, wegen der Heizung. Das Radio war wieder da, immer noch Händel.

Mit einer erstaunlich kraftvollen Bewegung

aus den Hüften heraus wandte Eleanor sich ihm zu und umarmte ihn. Ihre Wangen waren naß; ihr Lippenstift schmeckte nach Chemie. Auf der Suche nach ihrer Taille, nach der kleinen Rundung ihrer Brüste kämpfte er sich ungeschickt durch dicke Schichten von Stoff hindurch. Sie lagen sich noch immer in den Armen, als das kreiselnde Blaulicht des Polizeiautos über sie hereinbrach.

Dein Liebhaber
hat eben angerufen

Das Telefon klingelte, und Richard Maple, der einer Erkältung wegen an diesem Freitag zu Hause geblieben war, nahm den Hörer ab: «Hallo?» Am anderen Ende der Leitung wurde aufgelegt. Richard ging ins Schlafzimmer, wo Joan gerade das Bett machte, und sagte: «Dein Liebhaber hat eben angerufen.»

«Was hat er gesagt?»

«Nichts. Er hat aufgelegt. Er war erstaunt, daß ich zu Hause bin.»

«Vielleicht war es deine Geliebte.»

Trotz des Phlegmas, das seinen Kopf um-wölkte, wußte er, daß da irgend etwas nicht stimmte, und er fand es heraus. «Wenn es *meine* Geliebte gewesen wäre», sagte er, «warum sollte sie dann auflegen, wenn ich doch am Apparat war?»

Joan schlug das Laken aus, so daß es ein knallendes Geräusch machte. «Vielleicht liebt sie dich ja nicht mehr.»

«Was für ein lächerliches Gespräch.»

«Du hast angefangen.»

«Und was würdest du denn denken, wenn du an einem Wochentag ans Telefon gehst, und der Anrufer legt auf? Er erwartete eindeutig, daß du allein zu Hause bist.»

«Also gut, wenn du jetzt Zigaretten holen gehst, rufe ich ihn an und erkläre ihm, was los ist.»

«Du denkst, daß ich jetzt denke, du willst mich auf den Arm nehmen, aber ich weiß, daß genau das passieren würde.»

«Oha, komm, Dick. Wer sollte es schon sein? Freddie Vetter?»

«Oder Harry Saxon. Oder jemand, den ich gar nicht kenne. Ein alter Freund vom College, der nach Neuengland gezogen ist. Oder vielleicht der Milchmann. Ich höre dich manchmal mit ihm reden, während ich mich rasiere.»

«Wir sind von hungrigen Kindern umgeben. Er ist fünfzig Jahre alt, und Haare sprießen ihm aus den Ohren.»

«Wie bei deinem Vater. Du hast eine Schwäche für ältere Männer. Da war doch dieser Chaucer-Spezialist, als wir uns kennenlernten. Jedenfalls hast du in der letzten Zeit immer furchtbar glücklich getan. Du lächelst vor dich hin, wenn du deine Hausarbeit machst. Siehst du, da ist es wieder, das Lächeln!»

«Ich lächle», sagte Joan, «weil du so verrückt bist. Ich habe keinen Liebhaber. Ich wüßte nicht, wo ich ihn unterbringen sollte. Meine Tage sind ausgefüllt damit, daß ich mich hingebungsvoll den Bedürfnissen meines Ehemannes und seiner zahlreichen Kinder widme.»

«Oh, dann bin ich es also, der dir all die Kinder gemacht hat? Während du dich nach einer Karriere als Modeschöpferin oder in der aufregenden Welt der Wirtschaft sehntest. In der Aeronautik vielleicht. Du hättest die erste Frau sein können, die eine Raketenspitze aus Titan entwickelte! Oder die den bisherigen Zyklus beim Weizenanbau sprengte! Joan Maple, Diplom-Landwirtin. Joan Maple, Geopolitikerin. Aber wegen des unzüchtigen Monsters, das sie irrtümlich heiratete, ist diese klarsichtige Bürgerin unserer stets so bedürftigen Republik...»

«Dick, hast du Fieber gemessen? Ich habe dich seit Jahren nicht so faseln hören.»

«Ich bin seit Jahren nicht so hintergangen worden. Ich fand dieses *Klick* abscheulich. Dieses widerliche kleine Ich-kenne-deine-Frau-besser-als-du-*Klick*.»

«Es war vermutlich ein Kind. Wenn Mack heute abend zum Essen kommen soll, solltest du besser allmählich wieder gesund werden.»

«Es ist Mack, nicht? Dieser Hurensohn. Die Scheidung ist noch nicht ausgesprochen, und schon ruft er meine Frau an. Und dann schlägt er auch noch vor, sich an meinem Tisch vollzufressen, während ich leide.»

«Ich werde selber leiden. Du machst mich richtig krank.»

«Klar. Zuerst hänge ich dir Kinder an in meinem verrückten Verlangen nach Nachkommen, und dann mache ich dir Monatsbeschwerden.»

«Leg dich ins Bett. Ich bringe dir auch Orangensaft und in Streifen geschnittenen Toast, wie deine Mutter es immer gemacht hat.»

«Du bist süß.»

Während er es sich unter der Decke gemütlich machte, klingelte das Telefon wieder, und Joan nahm oben im Flur den Hörer ab. «Ja... nein... nein... gut», sagte sie und legte auf.

«Wer war es?» rief er.

«Jemand, der uns die *World Book Encyclopedia* verkaufen wollte», rief sie zurück.

«Hört sich sehr glaubhaft an», sagte er mit selbstgefälliger Ironie, und legte sich auf die Kissen zurück – überzeugt, daß er ungerecht war und daß es keinen Liebhaber gab.

Mack Dennis war ein schlichter, angenehmer, schüchterner Mann in ihrem Alter, dessen Ehefrau Eleanor in Wyoming auf Scheidung klagte. Er sprach von ihr mit einer beklemmenden Zärtlichkeit, wie von einer Lieblingstochter, die zum erstenmal in einem Ferienlager ist, oder wie von einem entschwundenen Engel, der gleichwohl engen elektronischen Kontakt mit der verschmähten Erde hält. «Sie sagt, sie hätten ein paar herrliche Gewitter gehabt. Die Kinder reiten jeden Morgen, abends spielen sie Karten, und um zehn sind sie im Bett. Gesundheitlich geht es allen besser denn je. Ellies Asthma ist verschwunden, und jetzt glaubt sie, die müsse allergisch gegen *mich* gewesen sein.»

«Du hättest dir alle Haare abschneiden lassen sollen und dich in Zellophan verpacken müssen», sagte Richard zu ihm.

Joan fragte ihn: «Und wie steht es mit deiner Gesundheit? Ißt du genug? Du siehst dünn aus, Mack.»

«An den Abenden, an denen ich nicht in Boston bleibe», sagte Mack, während er sich alle Taschen nach einem Päckchen Zigaretten abklopfte, «esse ich jetzt immer in dem Motel an der Route 33. Es ist das beste Essen in der Stadt jetzt, und du kannst den Kindern im Swimmingpool zusehen.» Er betrachtete seine leeren, nach oben gewandten Hände, als hätten sie eben noch eine Überraschung gehalten. Er vermißte seine Kinder – vielleicht war das die Überraschung.

«Ich habe auch keine Zigaretten mehr», sagte Joan.

«Ich gehe und hole welche», sagte Richard.

«Und irgend etwas mit Bitter Lemon aus dem Spirituosengeschäft.»

«Ich mixe inzwischen ein paar Martinis», sagte Mack. «Ist es nicht wunderbar, daß wir wieder Martini-Wetter haben?»

Es war die Jahreszeit, in der es am Tage spätsommerlich und abends frühherbstlich ist. Der Abend senkte sich über die Stadt herab und ließ die Neonreklamen erstrahlen, als Richard sich auf den Weg machte. Sein heiserer Hals fühlte sich an, als wäre er in ihm zusammengefaltet wie ein Geheimnis; es machte ihn irgendwie unbekümmert und fröhlich, auf zu sein und draußen, nachdem er den Nachmittag im Bett verbracht hatte. Wieder zu Hause, parkte er am hinteren Zaun und ging über den Rasen, der von gefallenen Blättern raschelte, obwohl die Bäume über ihm noch dicht belaubt waren. Die erleuchteten Fenster seines Hauses wirkten golden und idyllisch; die Zimmer der Kinder befanden sich oben (das Gesicht Judiths, seiner älteren Tochter, schwebte gedankenverloren vor einem Stück Tapete vorbei, und ihre eckige rosa Hand griff nach oben, um eine Puppe in dem Regal zurechtzusetzen) und die Küche unten. In den Küchenfenstern, deren Licht fluoreszierte, wurde eine Scharade aufgeführt. Mack hielt einen Cocktailshaker in der Hand und goß den Inhalt in ein zum Teil vom Fensterrahmen verdecktes Gefäß, das Joan ihm mit langem weißem Arm hinhielt. Sie neigte anmutig den Kopf und sprach mit dem leicht vorgeschobenen Mund, der in Richards Augen typisch für sie war, wenn sie in den Spiegel sah oder sich mit ihren älteren Verwandten unterhielt oder sonst vorteilhaft zu erscheinen versuchte. Was sie gerade sagte, brachte Mack zum Lachen, so daß seine Hand beim Eingießen zitterte (der silberne Deckel des Shakers glitzerte, ein Tropfen der grünlichen Flüssigkeit wurde verschüttet). Er stellte den Shaker hin und streckte die Hände – dieselben Hände, denen vor einer Weile eine Überraschung entwichen zu sein schien – vor, in Schulterhöhe. Joan ging auf ihn zu, immer noch mit ihrem Glas in der Hand, und ihr Hinterkopf straff zu einem ovalen Knoten frisiert, mit feinen blonden Härchen im Nacken, verdeckte alles von Macks Gesicht mit Ausnahme der Augen, die sich schlossen. Sie küßten sich. Joans Kopf neigte sich zur einen Seite, Macks zur anderen, damit ihre Münder sich fester aufeinanderpressen konnten. Die anmutige Linie von Joans Schultern wurde weitergeführt durch die Linie ihres Armes, der das Glas sicher in der Luft hielt. Der andere Arm schlang sich um seinen Hals. Die offene Tür eines Schränkchens hinter ihnen ließ eine erstarrte Reihe aufrechter Pappschachteln sichtbar werden, deren Beschriftung Richard nicht lesen konnte, deren Farben jedoch ihren Inhalt verrieten – Cheerios, Wheat Honeys, Röstzwiebeln. Joan trat einen Schritt zurück und fuhr mit dem Zeigefinger Macks ganzen Schlips (ein sommerliches Schottenmuster) hinunter und beendete die Reise in der Nähe des Nabels mit einem leichten Stoß, der Zurückweisung oder auch Bedauern ausdrücken konnte. Sein Gesicht, blaß und schwammig im grellen vertikalen Licht, sah leicht amüsiert, aber auch entschlossen aus und bewegte sich zwei, drei Zentimeter auf das ihre zu. Die Szene hatte das faszinierende Zeitlupentempo von Unterwasserbewegungen, und zugleich etwas von der irren stummen Plötzlichkeit einer von der Straße aus wahrgenommenen Fernsehbildfolge. Judith kam ans Fenster oben, ohne ihren Vater zu bemerken, der im tiefen Schatten des Baumes stand. Sie trug ein Nachthemd aus zitronengelbem Tüll und kratzte sich unschuldig die Achselhöhle, während sie einen Nachtfalter beobachtete, der mit den Flügeln gegen ihr Fliegenfenster schlug; und auch das gab Richard das gewichtige, sein Herz bedrängende Gefühl, daß der stumme Akt des Zeugeseins ihn – wie ein Kind, das allein im Kino sitzt – dem verborgenen Wirken der Dinge gefährlich nahe gebracht hatte. In einem anderen Küchenfenster begann ein unbeachteter Teekessel zu dampfen und die Scheiben zu beschlagen. Joan sprach jetzt wieder; ihre vorgeschobenen Lippen schienen rasche kleine Brücken über eine schmaler werdende Kluft zu schlagen. Mack zögerte, zuckte mit den Schultern; sein Gesicht legte sich in Falten, als ob er französisch spräche. Joans Kopf schnellte zurück vor Lachen, und triumphierend warf sie den freien Arm nach vorn und war wieder in seiner Umarmung. Seine Hand, wie ein Stern auf ihrem schmalen Rücken ausgebreitet, schob sich nach unten, verschwand hinter der Kante der Arbeitsfläche aus Kunststoff und lag nun vermutlich auf ihrem Hintern.

Richard schlurfte so laut wie möglich die Betonstufen hinunter und stieß mit dem Fuß die Küchentür auf, um ihnen Zeit zu geben, auseinanderzugehen, bevor er eintrat. Vom anderen Ende der Küche her, kleiner als Kinder, sahen sie ihn mit verschwommenen, leeren Gesichtern an. Joan stellte den dampfenden Kessel ab, und Mack trottete auf ihn zu, um die Zigaretten zu bezahlen. Nach der dritten Martini-Runde löste sich die Befangenheit, und Richard sagte, die anklagende Heiserkeit seiner Stimme genießend: «Stellt euch mein Unbehagen vor. Krank, wie ich bin, gehe ich in die unfreundliche Nacht hinaus, um für meine Frau und meinen Gast Zigaretten zu besorgen, damit sie die Luft verschmutzen und den ohnehin schon ernsten Zustand meiner Bronchien noch verschlimmern können, und als ich durch den Garten zurückkomme, was seh ich da? Die beiden inszenieren das Kamasutra in meiner eigenen Küche. Es war, als sähe man einen Pornofilm, dessen Darsteller man kennt.»

«Wo siehst du heutzutage Pornofilme?» fragte Joan.

«Pah, Dick», sagte Mack einfältig und rieb sich die Hüften in einer schnellen, bügelnden Bewegung. «Bloß ein brüderlicher Kuß. Eine brüderliche Umarmung. Ein uneigennütziger Tribut an den Charme deiner Frau.»

«Wirklich, Dick», sagte Joan, «ich finde es schockierend und gemein von dir, draußen herumzulungern und in deine eigenen Fenster zu spähen.»

«Herumzulungern! Ich war starr vor Entsetzen. Es war ein regelrechtes Trauma. Meine erste Ur-Szene.» Ein tiefes Glücksgefühl dehnte ihn von innen her; die Reichweite seiner Worte und seines Witzes kam ihm unermeßlich vor, und die beiden anderen waren wie Puppen, wie Homunculi, die er fest in seiner Hand hatte.

«Wir haben so gut wie nichts gemacht», sagte Joan und reckte den Kopf, als sei sie über all das erhaben; die Anspannung ließ die schöne Linie ihres Unterkiefers deutlich hervortreten, ihre Lippen schmollten.

«Oh, ich bin überzeugt, daß ihr nach euren Maßstäben kaum angefangen hattet. Ihr habt den möglichen Reichtum an Koitusstellungen kaum erst ausprobiert. Habt ihr gedacht, ich würde nie zurückkommen? Habt ihr meinen Drink vergiftet, und ich bin zu zäh zum Sterben, wie Rasputin?»

«Dick», sagte Mack. «Joan liebt dich. Und wenn ich einen Mann liebe, dann dich. Joan und ich haben die Sache schon vor Jahren ausgefochten und beschlossen, nur gute Freunde zu sein.»

«Komm mir nicht irisch, Mack Dennis. ‹Wenn ich einen Mann liebe, dann dich!› Verschwende keinen Gedanken an mich, Junge. Denk lieber an die arme Eleanor da hinten, wie sie auf die Scheidung von dir wartet und Tag für Tag auf diesen Gäulen rumhopst und Karten spielt, bis sie schwarz und blau wird...»

«Laßt uns essen», sagte Joan. «Du hast mich so nervös gemacht, daß ich das Roastbeef wahrscheinlich zu lange gebraten habe. Wirklich, Dick, ich finde, du kannst dich nicht damit entschuldigen, daß du jetzt versuchst, es ins Lächerliche zu ziehen.»

Am nächsten Tag wachten die Maples verbittert und verkatert auf. Mack war bis zwei geblieben, um sich zu vergewissern, daß keinerlei Groll mehr bestand. Joan spielte am Sonnabendmorgen gewöhnlich mit anderen Damen Tennis, während Richard sich um die Kinder kümmerte; heute schon in weißen Shorts und Tennisschuhen, zögerte sie ihren Aufbruch hinaus, um zu streiten. «Es ist wirklich schrecklich von dir», sagte sie zu Richard, «daß du versuchst,

Mack und mir etwas anzudichten. Was willst du damit vertuschen?»

«Meine liebe Mrs. Maple, ich *sah* es», sagte er, «ich *sah* durch meine eigenen Fenster, wie du eine sehr überzeugende Darstellung einer weiblichen Spinne, die sich den Unterleib kitzeln läßt, gabst. Wo hast du gelernt, so mit deinem Kopf zu flirten? Es war besser als Handpuppen.»

«Mack küßt mich immer in der Küche. Es ist eine Angewohnheit, es hat nichts zu bedeuten. Du weißt selbst, wie sehr er Eleanor liebt.»

«So sehr, daß er sich von ihr scheiden läßt. Seine Ergebenheit grenzt an Donquichotterie.»

«Die Scheidung ist ihre Idee, das weißt du. Er ist ein armer Kerl. Er tut mir leid.»

«Ja, das habe ich gesehen. Du warst wie das Rote Kreuz bei Verdun.»

«Ich wüßte ja nur gern, warum du dich so freust.»

«Ich mich freuen? Ich bin vernichtet.»

«Du bist entzückt. Betrachte dir dein Lächeln im Spiegel.»

«Du bist so unglaublich verstockt, daß ich schon annehme, es kann nur Ironie sein.»

Das Telefon klingelte. Joan nahm den Hörer ab und sagte «Hallo», und Richard hörte das Klicken durch den ganzen Raum. Joan legte den

Hörer wieder auf und sagte zu ihm: «Aha. Sie dachte, ich wäre schon fort, zum Tennisspielen.»

«Wer ist sie?»

«Das mußt du mir sagen. Deine Geliebte. Deine Liebhaberin.»

«Es war bestimmt dein Liebhaber, und irgend etwas in deiner Stimme hat ihn gewarnt.»

«Geh doch zu ihr!» schrie Joan plötzlich, in einem Ausbruch der gleichen trotzigen Energie, mit der sie an anderen verkaterten Vormittagen Berge von Hausarbeit bewältigte. «Geh zu ihr wie ein Mann und hör endlich auf, mich in etwas hineinzumanövrieren, was ich nicht verstehe! Ich habe keinen Liebhaber! Ich habe mich von Mack küssen lassen, weil er einsam und betrunken war! Hör endlich auf, mich interessanter zu machen, als ich bin! Ich bin nur eine völlig erledigte Hausfrau, die mit ein paar anderen abgespannten Frauen Tennis spielen möchte!»

Schweigend holte Richard aus dem Sportsachenschrank ihren Tennisschläger, der vor kurzem neu mit Naturdarm bespannt worden war. Er trug ihn mit dem Mund, wie ein Hund, der einen Stock apportiert, und legte ihn vor ihrem Tennisschuh ab. Richard, ihr älterer Sohn, ein sehniger Neunjähriger, der zur Zeit wie ein Besessener Batman-Karten sammelte, kam ins Wohnzimmer, wurde Zeuge dieser Pantomime und lachte, um seine Angst zu verbergen. «Dad, kann ich meine fünf Cent fürs Leeren der Papierkörbe haben?»

«Mommy geht Tennisspielen, Dickie», sagte Richard und leckte den salzigen Geschmack des Tennisschlägers von seinen Lippen. «Wollen wir alle zusammen zum Fünf-Cent-Shop gehen und ein Batmobil kaufen?»

«Yippee», sagte der kleine Junge mit matter Stimme und sah mit großen Augen zwischen seinen Eltern hin und her, als ob der Abstand zwischen ihnen plötzlich verräterisch geworden wäre.

Richard ging mit den Kindern in den Fünf-Cent-Shop, auf den Spielplatz und mittags zu einem Kiosk, wo es Hamburger gab. Diese unschuldigen Unternehmungen verwandelten die Rückstände von Alkohol und Trägheit in wollige Mattigkeit, so rein wie der Schlaf kleiner Kinder. Höflich nickte er, als sein Sohn ihm eine unendliche Geschichte erzählte: «…und dann, weißt du was, Dad, dann hatte der Pinguin einen Schirm, aus dem Rauch herauskam, das war toll, und dann waren da diese beiden anderen Kerle mit den komischen Masken in der Bank und ließen sie mit Wasser vollaufen, ich weiß nicht warum, damit sie auseinanderplatzte oder so, und Robin kletterte über diese rutschigen Stapel von halben Dollars, oder was das war, um von dem Wasser wegzukommen, und dann, weißt du was, Dad…»

Wieder zu Hause, zerstreuten sich die Kinder in der Nachbarschaft, wobei sie der gleichen geheimnisvollen Strömung folgten, die an anderen Tagen den Garten hinter dem Haus mit unbekannten Bengeln füllte. Joan kam schweißglänzend und mit staubbedeckten Fußknöcheln vom Tennis zurück. Ihr Körper schwamm im rosigen Nachglühen der Anstrengung. Er schlug vor, sie sollten ein Mittagsschläfchen machen.

«Nur ein Schläfchen», sagte sie warnend.

«Natürlich», sagte er. «Ich habe meine Geliebte auf dem Spielplatz getroffen, und wir haben einander auf dem Abenteuerspielplatz befriedigt.»

«Marlene und ich haben Alice und Liz geschlagen. Von den dreien kann es keine gewesen sein, sie haben eine halbe Stunde auf mich gewartet.»

Im Bett – die Jalousien seltsamerweise gegen den hellen Nachmittag heruntergezogen, in einem Glas abgestandenen Wassers stiegen verstohlen Lichtblasen auf – fragte er sie: «Du glaubst, ich möchte dich interessanter machen, als du bist?»

«Natürlich. Du langweilst dich. Du hast mich und Mack absichtlich allein gelassen. Es war ganz und gar untypisch für dich, mit einer Erkältung rauszugehen.»

«Es ist traurig, dich in Gedanken ohne einen Liebhaber zu sehen.»

«Tut mir leid.»

«Du bist trotzdem ganz schön interessant. Hier, und hier, und hier.»

«Ich sagte doch: nur ein Schläfchen.»

Im oberen Flur, jenseits der geschlossenen Schlafzimmertür, klingelte das Telefon. Nach viermaligem Klingeln – eisige Speere, von fern her geschleudert – hörte es auf; niemand war an den Apparat gegangen. Es entstand eine ratlose Pause. Dann ein zögerndes, fragendes *Ping*, als ob jemand im Vorübergehen an den Tisch gestoßen wäre, dem eine entschlossene Serie folgte, schrille Töne, gebieterisch und klagend, die erst nach dem zwölftenmal aufhörten; dann wurde am anderen Ende der Leitung aufgelegt.

Wartezeit

Nach halb zehn, als er das letzte der Kinder, Judith, ins Bett gebracht und ihr einen Kuß gegeben hatte, der nun, da sie zwölf war und so breitgesichtig wie eine Erwachsene, etwas Beängstigendes hatte im Dunkeln – das Kleinkind, das sie einst gewesen war, schwebte unendlich hoch über der Frau mit den warmen Lippen, zu der sie jetzt wurde –, ging Richard nach unten und begann auf seine Frau zu warten. Seine Mutter war immer aufgeblieben, hatte immer auf ihn und auf seinen Vater gewartet und im Haus das Licht angelassen für ihre Rückkehr vom Basketballspiel, vom Schwimmtraining, von dem mitternächtlichen Abenteuer einer Autopanne. Wenn der Junge in solchen Nächten aus der Kälte ins Haus kam, war ihm seine Mutter wie der verwirrende Mittelpunkt einer festgefügten, begehrenswerten Welt vorgekommen, und er war eifersüchtig gewesen auf ihren Abend – allein, in der Wärme, mit dem Radio. Jetzt übernahm er ihre frühere Rolle, er machte sich Toast und trank ein Glas Milch und schaltete den Fernseher ein und schaltete ihn wieder aus und goß sich einen Bourbon ein und stellte fest, daß er seine Augen nicht einmal ruhig auf eine Zeitung richten konnte. Er ging ans Fenster und sah auf die Straße hinaus, wo eine absterbende Ulme das Licht einer Straßenlampe in nervöse Muster brach. Dann ging er in die Küche und starrte in die Dunkelheit des Hofs hinten, wo nach einem Aufleuchten von Scheinwerfern und dem abgeschnittenen Aufschluchzen eines Motors Joan erscheinen würde.

Als die Einladung gekommen war, hatten sie ausgemacht, daß sie bis elf bleiben würde. Aber schon gegen halb elf wurde sein Herz unruhig, begann der Bourbon so leicht wie Wasser hinunterzufließen, und er entdeckte, daß er in einem Zimmer stand, ohne sich daran erinnern zu können, durch die Tür gegangen zu sein. Der Druck von Picasso, den sie zusammen in Vallauris ausgesucht hatten. Das Durcheinander von College-Textsammlungen im Bücherregal. Das Schlachtfeld-Gewirr von Schulbüchern und Spielsachen, das die Kinder in der Hektik nach dem Abendessen hinterlassen hatten. Um 11 Uhr 5 ging er ans Telefon und legte die Hand auf den Hörer, war jedoch unfähig, die Nummer zu wählen, die wie eine Tonfolge in seinen Fingern lebte. Ihre Nummer. Beider Nummer, die Nummer der Masons. Das Haus, das seine Frau verschluckt hatte, war eines, wo auch er sich stets wohl und willkommen gefühlt hatte, ein Haus, das seinem eigenen sehr ähnlich war, in allen Details jedoch verschieden genug, um ihn zu faszinieren, und eines, dessen Hausherrin, während sie ihn dort allein erwartete, nackt oben auf der Treppe gestanden hatte. Ein verwirrendes Willkommen: ihre Schultern von der Morgensonne umhüllt, die durch das Fenster fiel, jede Faser ihres Körpers entflammt.

Er ging nach oben und sah nach jedem der schlafenden Kinder in der Hoffnung, daß darüber eine halbe Stunde der Wartezeit vergehen würde. Wieder unten in der Küche, stellte er fest, daß nur fünf Minuten verstrichen waren, und vor noch mehr Bourbon zurückscheuend, da er sicher war, daß er sonst betrunken werde würde, versuchte er sich zu ärgern. Er dachte daran, das Glas zu zerschmettern, sah ein, daß außer ihm niemand da war, der wieder saubermachen würde, und stellte es leer auf der Arbeitsplatte ab. Wutausbrüche waren ihm nie leichtgefallen; schon als Kind hatte er gesehen, daß niemand da war, auf den man wütend sein konnte, nur müde Menschen, die sich Mühe gaben, zu gefallen, herzensgute Menschen, ob schlafend oder wach, umgeben von den Grenzen einer Welt, die an sich, der Schönheit ihrer Einzelheiten und ihrem ansteckenden Hauch von Freiheit nach, voller guter Absichten gewesen zu sein schien. Er versuchte statt dessen, die Zeit hinzubringen und zu weinen – brachte aber nur das lächerliche trockene Geschluchze eines Mannes, der allein ist, hervor. Womöglich weckte er noch die Kinder. Er ging nach draußen, in den Hof hinter dem Haus. Durch Büsche, die ihre Blätter abgeworfen hatten, beobachtete er Scheinwerfer, die von einer Versammlung, vom Kino, von einem Rendezvous heimwärts eilten. Er stellte sich vor, daß er heute abend die Lichter ihres Wagens erkennen würde, noch ehe sie in die Zufahrtstraße einbogen und bei der Rückkehr den Hof überfluteten. Der Hof blieb dunkel. Der Verkehr ließ nach. Er ging wieder ins Haus. Auf der Küchenuhr war es 11 Uhr 35. Er ging ans Telefon und starrte es an, verwirrt von dem Problem, das es darstellte – ein unsichtbares Schloß, das seine Finger nicht aufbrechen konnten. So entging ihm, wie Joans Scheinwerferlichter in den Hof hineinglitten. Als er hinsah, kam sie schon, unter dem Ahornbaum, von dem abgestellten Wagen her auf ihn zu. Sie hatte einen weißen Mantel an. Er öffnete die Küchentür, um sie zu begrüßen, aber sein Impuls, sie zu umarmen, sie in seiner Brust zu bergen wie ein Herz, das sich auf einer Umlaufbahn bewegt hatte und zurückgekehrt war, taugte plötzlich nichts mehr, erwies sich als übertrieben und unecht angesichts der absoluten, entwaffnenden Vertrautheit seiner Frau.

«Wie war es?» fragte er.

Sie stöhnte: «Sie hatten beide fürchterliche Schwierigkeiten, ihre Sätze zu Ende zu bringen. Es war qualvoll.»

«Arme Seelen. Arme Joan.» Er erinnerte sich an seine eigene Qual. «Du hattest versprochen, um elf zu Hause zu sein.»

In der Küche zog sie ihren Mantel aus und warf ihn über einen Stuhl. «Ich weiß, aber es wäre unhöflich gewesen, zu gehen, sie waren beide so voller Güte und Liebe. Es war *schrecklich* frustrierend – sie erlaubten mir einfach nicht, wütend zu sein.» Ihr Gesicht wirkte gerötet, ihre Augen glänzten, sahen an den seinen vorbei zu der Arbeitsplatte hin, wo der Bourbon wartete.

«Du kannst wütend auf *mich* sein», schlug er vor.

«Ich bin zu müde. Ich bin ganz durcheinander. Sie waren so nett. Er ist dir nicht böse, und sie kann sich nicht vorstellen, warum ich ihr böse sein sollte. Vielleicht bin ich verrückt. Könntest du mir einen Drink machen?»

Sie setzte sich auf den Küchenstuhl, auf ihren Mantel. «Sie sind wie meine Eltern», sagte sie. «Sie glauben an die Fähigkeit des Menschen, sich zu vervollkommnen.»

Er gab ihr den Drink und sagte wie ein Souffleur: «Sie erlaubte dir einfach nicht, wütend zu sein.»

Joan trank einen Schluck und seufzte; sie war wie eine Schauspielerin, die gerade von der Bühne kommt, die Gesten noch durchdrungen von theatralischer Übertreibung. «Ich fragte sie, wie sie sich fühlen würde, und sie sagte, daß sie sich *gefreut* hätte, wenn ich mit ihm geschlafen hätte, daß es keine Frau gäbe, die sie lieber mit ihm schlafen ließe, daß ich ein Geschenk gewesen wäre, das sie aus *Liebe* gegeben hätte. Sie nannte mich dauernd ihre beste Freundin, immer wieder, mit dieser besänftigenden gleichbleibenden Stimme; ich hatte sie nie so sehr als meine beste Freundin betrachtet. Das ganze Jahr hindurch hatte ich immer diese Gezwungenheit zwischen uns gespürt, und jetzt weiß ich natürlich, warum. Das ganze Jahr über ist sie

81

um mich herumgetanzt mit dieser leicht spöttischen Überheblichkeit, die ich nicht verstehen konnte.»

«Sie mag dich sehr gern, und wir haben viel darüber gesprochen, wie du reagieren würdest. Sie hatte Angst davor.»

«Sie forderte mich dauernd auf, wütend auf sie zu sein, und natürlich machte ihr Reden das unmöglich. Diese besänftigende, gleichbleibende Stimme. Ich glaube nicht, daß sie auch nur etwas von dem, was ich sagte, verstanden hat. Ich sah, wie sie sich konzentrierte, verstehst du, sich wirklich konzentrierte, an meinen Lippen hing, aber die ganze Zeit überlegte, was sie als nächstes sagen würde. Sie hat an diesen Reden ein ganzes Jahr gefeilt. Ich bin besoffen. Gib mir keinen Bourbon mehr.»

«Und er?»

«Ach, er. Er war verrückt. Er hat dauernd davon geredet wie von einer *Offenbarung*. Anscheinend klappt es bei ihnen großartig mit dem Sex, seit sie es ihm erzählt hat. Er gebrauchte dauernd Worte wie Verständnis und Mitgefühl, und wir müßten uns alle gegenseitig *helfen*. Es war wie in der Kirche, und du weißt ja, wie rührselig ich in der Kirche werde, wie schnell ich anfange zu heulen. Jedesmal, wenn ich heulen wollte, küßte er mich, und dann küßte er sie: absolut unparteiisch. Küßchen hier, Küßchen da. Wir sind ein und dieselbe Person! Sie hat mir meine Persönlichkeit gestohlen!» Sie hob ihr Glas mit den Eiswürfeln in die Höhe und zog entrüstet die Augenbrauen hoch. Sogar ihr Haar schien sich von der Kopfhaut zu heben; sie hatte ihm einmal beschrieben, wie sie beim Golf ihr Haar hatte knistern hören, als es sich vor Wut sträubte, weil sie einen Schlag verpatzt hatte.

«Dir stehen die Haare zu Berge», sagte er.

«Danke. Du mußt es ja wissen. Er wollte dich dauernd anrufen. Er sagte dauernd Sachen, wie ‹Laßt uns den guten alten Richard herholen, den Hundesohn. Ich vermisse den alten Verführer.› Ich mußte ihm dauernd sagen, daß wir dich als Babysitter brauchten.»

«Ziemlich unmännlich.»

«Meiner Meinung nach hast du deine Männlichkeit einstweilen genügend bewiesen.»

«Du hättest mich sehen sollen, wie ich auf dich gewartet habe. Ich bin dauernd an alle Fenster gelaufen, wie eine Henne, die ein Küken verloren hat. Ich war außer mir deinetwegen, Liebes. Ich hätte dich nie zu diesen schrecklichen Leuten schicken sollen, damit sie dir Vorträge halten.»

«Es sind keine schrecklichen Leute. Du bist es, der schrecklich ist. *Du* kannst von Glück sagen, daß sie nichts von Krieg halten. Sie finden Empörung albern. Kindisch. Sie sind so verständnisvoll, das ist alles. Er redete dauernd von dem Guten, was dabei herauskommen würde.»

«Und du? Woran glaubst du, an Krieg oder das Gute?»

«Ich weiß nicht. Ich könnte eher an noch einen Schluck Bourbon glauben.»

Seine nächste Frage war glühend, so voll von erinnertem Feuer, daß sie seine Zunge verbrannte. «Wollte sie mich auch dabei haben?»

«Sie hat nichts gesagt. *So* taktlos ist sie nicht.»

«Ich fand sie nie taktlos», wagte er zu sagen.

Joans Haar schien von ihrem Kopf in die Höhe zu schießen; sie gestikulierte wie ein Sopran. «Warum bist du nicht mit ihr davongelaufen? Warum läufst du nicht jetzt mit ihr davon? Tu etwas! Noch so ein Love-in oder Teach-in, oder was immer das sein soll, halte ich nicht aus. Sie haben dauernd gesagt, wir müßten uns alle zusammenraufen, wir müßten alle in Verbindung bleiben. Ich will mich mit *niemand* zusammenraufen.»

«Aber du bist es doch –» begann er.

Sie unterbrach ihn: «Vergiß das Eis nicht.»

«– die ich am meisten brauche. Ich fand es furchtbar, daß du heute abend nicht zu Hause warst. Ich fand es noch furchtbarer, als ich vermutet hätte.» Er sprach sehr bedacht und blickte auf die Arbeitsfläche hinunter, während er die Gläser wieder füllte, die hart am Rand eines Abgrunds zu stehen schienen; Joans heile Rückkehr hatte ihm den schmerzlichen Verlust der anderen mit ihrer besänftigenden, gleichbleibenden Stimme deutlich gemacht.

Die Ablenkungsmanöver-
Theorie

Die Party war vorüber. Ihre Freunde waren gekommen, hatten Grüppchen gebildet, sich neu
gruppiert, waren im Laufe des Abends müde geworden und hatten sich dann, papierene, nach-
mitternächtliche Gestalten, zur Tür hinausge-
zaubert. Die Maples waren wieder sich selbst
überlassen – und einer Fülle von Zigarettenkip-
pen und ausgetrunkenen Gläsern. Das Geschirr
stapelte sich schmutzig in der Küche, die Kinder
schliefen unschuldig im oberen Stockwerk. Von
der überdrehten Nachenergie nach getaner
Pflicht erfüllt, wollte das Paar noch nicht zu Bett
gehen, sondern saß statt dessen im Wohnzimmer, das plötzlich leer und riesig geworden war.

«Was für unordentliche Leute», sagte Joan,
die aufrecht in einem Regiestuhl aus Naturholz
und grauem Leinen saß. «Chips in einen Zottel-
teppich zu treten. Sie sind so *nachlässig*.» Richard merkte, daß sie in ihrer richterlichen Stimmung war; ihre Äußerungen, wenn sie in dieser
Stimmung war, faszinierten ihn.

«Benehmen *wir* uns nicht auch so, wenn wir

ausgehen?» fragte er, hingerekelt auf das ehemals weiße Sofa, dessen Kissen von mehreren Körpern nacheinander zerknautscht worden waren. Durch die Sitzgelegenheiten, die sie gewählt hatten, saß Joan etwas höher und bot seinem Blick die bewunderswerte klare Linie ihres Kinns dar.

«Überhaupt nicht», sagte sie mit Bestimmtheit. «Wir heben auf, was wir verstreuen. Und wir gehen auch immer zusammen weg.»

«Das war eigenartig», gab Richard zu. «Was glaubst du: war Jim krank oder wütend?»

«Vielleicht war er so wütend, daß es ihn krank machte.»

«War er wütend auf *mich*?»

«Hm», sagte Joan, «du hast tatsächlich noch mit ihr getanzt, als er bereits seinen Mantel angezogen hatte.»

«Ein Mann aus der Vorstadt», lautete die gleichgültige Antwort ihres Ehemanns, der in seiner Jugend eine Anzahl von Mr. & Mrs. North-Filmen gesehen hatte, «muß das Recht haben, mit seiner Geliebten zu tanzen.»

Joans Antwort war beneidenswert fest: «Marlene ist nicht deine Geliebte. Sie ist dein Ablenkungsmanöver.»

«Mein Ablenkungsmanöver?» Die unerwartete Formulierung färbte Marlenes Haut exotisch; wieder war sie in seinen Armen, aber glatter, eine Meerjungfrau, eine schuppige, duftende Wassernixe. Sie war bis zu den Kiemen mit Parfum besprüht gewesen.

«Klar», sagte Joan. «Der richtig ausgestattete Mann aus der Vorstadt, wie du ihn nennst, hat eine Ehefrau, eine Geliebte und ein Ablenkungsmanöver. Das Ablenkungsmanöver mag seine Geliebte gewesen sein, oder sie mag es noch werden, aber im Moment schläft er nicht mit ihr. Das weiß man, weil sie sich in der Öffentlichkeit so verhalten, als ob sie es täten.»

Richard lehnte sich in ein anderes flachgedrücktes Kissen und protestierte: «Das ist zu machiavellistisch, um der Realität zu entsprechen. Das ist dekadent, Süße. Vielleicht war es ein Fehler, dich nach hier draußen zu verschleppen, wir hätten in der West 13th Street wohnen bleiben sollen. Weißt du noch, wie die Polizisten immer im Schnee vorbeigaloppierten?»

«Das war nur einmal. Vor fünfzehn Jahren. Die Schulen waren unerreichbar. Man konnte nirgendwo sein Auto parken.»

«Jesus», stimmte er zu, «weißt du noch, wie ich es einmal auf einem Bauplatz abgestellt habe und wie ein Dachdecker, der auf dem Haus daneben arbeitete, Teer über die ganze Windschutzscheibe geschüttet hat? Es macht mich noch immer wütend.» Aber die Erinnerung daran machte ihn glücklich.

«Da sind wir nun», stimmte Joan zu, «und sitzen fest.» Sie meinte die Vorstadt. «Möchtest du einen kleinen Schlummertrunk?»

«Mein Gott, nein. Wie kannst du bloß noch mehr Alkohol vertragen? Glaubst du, ich sollte Jim anrufen und mich entschuldigen?»

«Sei nicht albern. Du könntest bei etwas stören.»

«Könnte ich?» Seine parfümierte Meerjungfrau, entschuppt und in den Armen eines anderen? Der Gedanke machte ihn frösteln.

«Es ist denkbar. Marlene schien es nicht im mindesten aufzuregen, als er fortging, sie machte weiter und blieb der Mittelpunkt der Party.»

Richard legte sich wieder in das erste Kissen zurück und wechselte das Thema. «Die arme Ruth», sagte er. «Sie schien sich nicht sehr zu amüsieren.»

Joan erhob sich, königlich in ihrem hochtaillieren, bodenlangen kobaltblauen Partykleid, und griff nach der Cognacflasche, die auf dem Klavier stand; der lange Flaschenhals wurde ein

Zepter in ihrer Hand. Sie nahm einen benutzten Cognacschwenker, schüttete den Rest in den Kamin, lauschte dem Zischen und goß sich einen gelbbraunen, glucksenden Schluck ein. «Die arme Ruth», wiederholte sie nachdenklich, während sie sich wieder in den Regiestuhl setzte.

«Klar», führte Richard näher aus, «warum sollte sie sich amüsieren, mit diesem Trottel als Ehemann?»

«Jerry ist gar kein solcher Trottel», sagte Joan. «Er ist ein reizender Tänzer, zum einen. Ein guter Sportler. Es gibt eine Menge, was du von ihm lernen könntest.»

«Zweifellos.» Er hielt es für besser, auf das alte Thema zurückzukommen. «Wenn Marlene nur mein Ablenkungsmanöver ist», fragte er, «warum hat sie dann so lange mit mir getanzt?»

«Vielleicht bist du das Ihre. Wir können auch Ablenkungsmanöver haben, verstehst du? Frauenbewegung.»

«Mit wem trifft sich Marlene dann in Wirklichkeit?»

«Mit Jerry?»

«Ausgeschlossen.»

«Wieso bist du so sicher?»

«Weil er ein solcher Trottel ist. Er kann doch

nur über Aktien reden, den Football werfen und tanzen.» Jedesmal in jenem Herbst, wenn er beim *touch football* einen von Jerrys Hand geworfenen Paß aufnahm, hatte Richard sich von Schuld verfolgt gefühlt.

Joans Lächeln drückte ein Siegel auf einen Schluck Cognac. «Ein Trottel», sagte sie, «kann ein Fisch sein.»

«Gibt es auch Fische in deinem Spiel?»

Der Cognac bewirkte Redseligkeit. «Wozu sind denn diese langweiligen, unordentlichen Parties da, außer um sich jemand zu angeln? Wenn du einen Fisch gefangen hast, gehst du hin, um ihn wiederzusehen. Oder sie. Und wenn du noch nichts geangelt hast, gehst du hin, in der Hoffnung, daß es dir diesmal gelingt. Und wenn du *nicht* angeln willst, wie die Donnelsons, gehst du aus Faszination hin, um zu sehen, wer was angelt. Und wir brauchen sie auch. Wie ein Fisch Wasser braucht, um darin zu schwimmen.»

«Wir? Wessen Fisch bist du? Du bringst es fertig, daß dieser Cognac verdammt gut aussieht.»

Joan erhob sich und brachte ihm die Flasche, da sie, wie Richard annahm, sich bei der Gelegenheit selbst noch einen kleinen Schluck eingießen konnte und weil sie wußte, daß sie stehend besser aussah in ihrem königlichen Gewand, als wenn sie saß. Im Sitzen wirkte sie schwanger. «Zunächst», antwortete sie, nachdem sie ihm eingegossen und sich wieder hingesetzt hatte, wobei das Vorderteil ihres Kleids sich in nostalgischer Nachahmung einer Schwangerschaft vorwölbte, «laß uns herausfinden, wessen Ablenkungsmanöver ich bin?»

«Du warst Macks», sagte Richard auf gut Glück, «aber das scheint nachgelassen zu haben. Heute abend war er dauernd um Eleanor herum; glaubst du, sie werden wieder heiraten?»

«Und all die Anwaltsgebühren vergeuden?»

«Jerrys», versuchte er. «Du hast zweimal mit ihm getanzt, endlos.» Gereizt, da ihm die Wahrheit zu dämmern schien, setzte Richard sich auf und sagte anklagend: «Du bist das Ablenkungsmanöver von diesem Trottel!»

«Bin ich nicht», erwiderte Joan mit ruhiger Stimme. «Jerry und ich haben uns lange unterhalten, aber über dich und Ruth.»

«Oh. Und zu welchem Schluß seid ihr gekommen?»

«Daß ihr beide nicht wirklich etwas miteinander habt.»

«Wie schön.» In seine Erleichterung mischte

sich Ärger über ihre selbstgefällige Unterschätzung.

«Wenn da etwas im Gange wäre», fuhr Joan fort, «hättet ihr auf der Party, schon um den Schein zu wahren, wenigstens *einmal* miteinander gesprochen. So wie es aussieht, machst du ihr nur schöne Augen. Die Frage ist, willst du auf etwas Bestimmtes hinaus? Ich glaube schon; er glaubt es nicht. Er ist sich ihrer sehr sicher.»

«Er möchte es gern sein. Was für ein Trottel.»

Sein Ton, allzu vehement, schien sie in ihrem königlichen blauen Kleid zu kränken. «Laß uns über *mich* reden», sagte Joan. «Ich bin es leid, immer über dich zu reden.»

«Was ist mir dir? Angelst du nach einem Fisch?»

«Benehme ich mich so?»

Er dachte nach. «Ich glaube», sagte er, «du flirtest gern, bist aber keine Anglerin.»

«Du glaubst, ich hätte nicht den Mut?»

«Du hast den Mut, aber nicht das… ja, das was? Das Durchstehvermögen. Jedesmal, wenn du das Gefühl hast, es kommt etwas auf dich zu, betäubst du dich mit einem weiteren Schluck Cognac. Wie jetzt. Das hier könnte eine nette sexy Unterhaltung sein, aber bis wir oben sind, wirst du blau sein. He, mir fällt gerade ein, warum Jim gegangen ist. Nicht weil ich mit Marlene getanzt habe – kein Mensch schert sich darum, mit wem seine Ehefrau tanzt. Sondern weil du so lange mit Jerry getanzt hast. Jim ist dein Fisch, und du hast ihn mit deinem Ablenkungsmanöver gereizt.»

«Paß auf, daß meine Theorie nicht mit dir durchgeht.»

«Es klingt einleuchtend. Du warst früher Macks Fisch, und jetzt bist du sein Ablenkungsmanöver, während er sich an Eleanor heranmacht, oder ist Eleanor *sein* Ablenkungsmanöver und ... hast du bemerkt, wie lange er sich mit Linda Donnelson unterhalten hat?»

Joans Gesicht erstarrte einen winzigen Moment lang – so wie ein Windstoß plötzlich kabbeliges Wasser glättet. «Linda? Sei nicht albern. Sie haben über sozialen Wohnungsbau diskutiert.»

Warum war sie so abwehrend? War sie zu Mack zurückgekehrt? Richard bezweifelte es; ihr Verhältnis war bald nach Macks Scheidung abgekühlt. Es war die Erwähnung der Donnelsons. «Was das betrifft», sagte er, «scheinst du Sam nicht mehr so langweilig zu finden wie früher.»

«Er *ist* langweilig. Ich habe mit ihm geredet,

94

weil ich die Gastgeberin war und niemand sonst
es tat.»

«Er hat wirklich einen prächtigen Körper»,
gab Richard zu, als ob sie das behauptet hätte.
«Wenn du einmal weiter als bis zu seinem Holz-
kopf vorgedrungen bist.»

«Ist er so hölzern?»

«Wie soll ich das wissen? Du bist diejenige,
die daran klopft.»

«Ich klopfe an gar nichts. Ich sitze hier, sehe
dich an und denke: Ich mag dich nicht sehr gern.»

«Damals, als Sam uns mitnahm zum Segeln»,
fuhr Richard fort, «war ich erschlagen, was für
einen gewaltig muskulösen Rücken er hat, wenn
er das Hemd auszieht. Warum hat er uns aufgefordert, zum Segeln mitzukommen? Er weiß,
daß ich wasserscheu bin. Während du dich als
regelrechte kleine Wasserratte entpupptest und
hin und her flitztest wie das flatternde Vorsegel.
Wie ist es in einem Boot? So ähnlich wie in
einem Wasserbett? Guter Gott, Süße, du hast
Nerven, bringst das Gespräch auf die Donnelsons und erzählst mir, was für unschuldiges
aqua pura sie angeblich sind. Sam ist also dein
Fisch. Ob gefangen oder nicht. Ich habe immer
noch nicht herausgekriegt, wer dein Ablenkungsmanöver ist, du hast so viele.»

Ihr Schweigen machte ihm angst; er wurde wieder ein kleiner Junge, der seine Mutter anflehte, mit ihm zu reden, ihn vor dem Ertrinken in den bluttiefen Strömungen ihrer Stimmungen, ihrer Geheimnisse zu erretten. «Sag mir mehr darüber», flehte er Joan an, «warum du mich nicht magst. Es ist Musik in meinen Ohren.»

«Du bist grausam», verkündete sie. Das Cognacglas ruhte wie ein symbolischer Reichsapfel in ihrer Hand, «und du bist unersättlich.»

«Und jetzt sag mir, warum du mich magst. Sag mir, warum wir uns nicht scheiden lassen wollen.»

«Ich verabscheue deine egozentrische Art», sagte sie, «und unser Sex ist eine miese Sache, aber ich bin mit dir nie einsam gewesen. Ich habe mich nie auch nur einen Augenblick lang allein gefühlt, wenn du im Zimmer warst.» Tränen ließen sie blinzeln und verstummen.

Auch er blinzelte, aber vor Müdigkeit. «Na, das ist eine ziemlich schwache Bestätigung. Das wird nicht viel zum Verkauf des Produkts in Peoria beitragen.»

«Ist es das, was wir wollen? Das Produkt in Peoria verkaufen?»

«Hier verkauft es sich jedenfalls verdammt

schlecht. Außer an Ablenkungsmanöver und armselige Fische.»

Sein Angriff verwirrte sie, scheuchte sie von ihrem Thron auf. «Du solltest nicht gleich wütend werden», sagte sie, indem sie aufstand, «wenn ich einmal zu reden versuche. Es geschieht nicht sehr oft.» Sie begann die Gläser einzusammeln und in die Küche zu tragen.

«Ich danke Gott dafür. Du bist entsetzlich!»

«Was kränkt dich denn so? Daß ich ein bißchen lebendig bin?»

«Lebendig für andere Leute, aber nicht für mich.»

«Du redest genau wie Ruth, wenn du so etwas sagst. Du hast sogar ihr Selbstmitleid übernommen. Komm schon. Hilf mir, dieses Durcheinander zu beseitigen.»

«Ein Durcheinander ist es», gab er zu. Aber all das abzuräumen, all die Gläser auf den Gestellen im Geschirrspülautomaten zu arrangieren und sie danach behutsam zurückzutragen, fleckenlos, zu ihren angestammten Plätzen im Küchenschrank, kam ihm vor wie eine andere Schicht der Unordnung, wie eine Verschleierung. Richard blieb auf dem Sofa sitzen und versuchte, den Dschungel zu durchdringen und das Licht zu erblicken. Joan war Ruth auf der Spur;

dieser Freiraum war dahin. Es blieb nur ein möglicher Bereich, nur ein Weg, das System zu besiegen, und es war so einfach, daß er lächeln mußte: Schlaf mit deinem Ablenkungsmanöver.

Hier kommen die Maples

Sie waren immer ein glückliches Paar gewesen,
und als sie sich schließlich zur Trennung entschlossen, war es nur ihr Glück, daß der purita-
nische Bundesstaat, in dem sie lebten, eine Er-
gänzung, die eine nicht schuldhafte Scheidung
erlaubte, zu seinem knarrenden, überalterten
Corpus von Scheidungsgesetzen verabschiedet
hatte. Ihren Bestimmungen nach mußte eine gemeinsame eidesstattliche Erklärung eingereicht
werden. Sie lautete: «Jetzt kommen Richard F.
und Joan R. Maple und schwören in Kenntnis
der auf Meineid stehenden Strafen, daß ihre Ehe
unrettbar zerrüttet ist.» Für Richard, der eine
Kopie des Dokuments in seiner Bostoner Wohnung las, beschwor der Wortlaut eine Vision
herauf: er sah sich und Joan, wie sie Hand in
Hand auf eine Party stürmten, während ein li-
vrierter Türsteher laut ihre Namen ausrief und
ein Regen von Konfetti und Sektblasen durch
den Raum wirbelte. In den vielen Jahren ihrer
Ehe waren sie zusammen zu einer Menge Parties
gegangen, und immer mit einem Anflug von Er-

regung, ein wenig Hoffnung und Erwartung, daß etwas Schönes passieren könne.

Der eidesstattlichen Erklärung lagen verschiedene schreckenerregende Steuerformulare sowie ein Antrag auf Übersendung einer Kopie ihrer Heiratsurkunde bei. Obwohl sie in New York und London gelebt hatten, auf Inseln und auf dem Land, und einen Sommer lang sogar in einer Blockhütte, waren sie nur wenige U-Bahn-Stationen von dem Ort entfernt getraut worden, wo Richard jetzt stand und seine Post las. Er war nicht mehr in der Cambridge City Hall gewesen seit dem Morgen, an dem er die Urkunde erhalten hatte, seit ihrem Hochzeitsmorgen. Seine Eltern hatten ihn von dem Motel in Connecticut, wo sie alle auf der Fahrt von West Virginia her übernachtet hatten, dorthin gefahren; sie waren um sechs aufgestanden, um rechtzeitig dort zu sein, und während eines großen Teils der Fahrt saß er mit über dem Kopf gezogenem Mantel da und hoffte, wieder einschlafen zu können. In seiner Erinnerung kam er sich jetzt wie ein Meerestier vor, knochenlos unter der Quallenglocke seines Mantels, hilflos auftauchend an der Küste, während die Luft immer heißer wurde. Es war Juni und dunstig. Als sie gegen Mittag nach Cambridge kamen und sich selbst und Schachteln mit Hochzeitsgewändern die vier Treppen zu Joans Wohnung in der Avon Street hinaufschleppten, nahm die Braut gerade ein Bad. Wer sonst noch in der Wohnung war, hatte Richard vergessen; seine Erinnerung an den Tag war lückenhaft – lesbare Stellen in einer feuchten grauen Kladde. Es war ein Tag ohne Himmel und ohne Wolken, nur ein Schleier schattenlosen Sonnenlichts hüllte das Pflaster in der Brattle Street und die weißen Turmspitzen von Harvard und die dicken Autos, die auf den geteerten Straßen schmorten, ein. Er war einundzwanzig, und Eisenhower war Präsident, und die Braut stand hinter der Tür und rief ihm zu, er solle nicht hereinkommen, es würde Unglück bringen, sie zu sehen. Jemand war mit ihr dort drinnen, kichernd und planschend. Wer? Ihre Schwester? Ihre Mutter? Richard lehnte sich an die Badezimmertür und hörte, wie sich hinter ihm seine Eltern die Treppe hochschleppten, keuchend, aber noch plaudernd, und er stellte sich Joan vor, wie sie in der Wanne lag, ihre Zehen blaßrot, ihre Halsmuskeln gedehnt, ihre Brüste schwebend und seifig und glatt. Dann versiegte die Erinnerung, und der nächste Fleck zeigte sie und ihn Seite an Seite, wie sie zusammen in den schimmernden mittäglichen Verkehrsstau am

Central Square hineinfuhren. Sie trug ein Sommerkleid aus sonnengebleichter Baumwolle; er hielt den Blick auf den Verkehr gerichtet, um das Unglück, sie vor der Hochzeitszeremonie zu sehen, zu verringern. Andere Paare, dachte er dabei, müssen es geschafft haben, ihre Papiere mehr als zwei Stunden vor der Hochzeit in Ordnung zu haben. Aber zweifellos reisten andere Bräutigame auch nicht mit dem Mantel über dem Kopf zu ihrer Hochzeit wie Kinder, die sich vor einem Gewitter verstecken. Hand in Hand, kleiner als Hänsel und Gretel in seiner Vorstellung, liefen sie die lange Freitreppe hinauf in einen pfefferkuchenbraunen Torbogen und verschwanden.

Die Cambridge City Hall war unverändert in einer veränderten Welt. Der Rundbau des Schlosses von Richardson, roter Sandstein und rötlicher Granit, ragte wie ein freundlicher Riese in seiner derben Umgebung auf. Sein Inneres war in gefirnißter Eiche gehalten, blaß und glänzend. Richard meinte sich zu erinnern, daß er die Urkunde an einem Gitterfenster unten mit Messingschild erhalten hatte, aber ein Pfeil auf einem Stück Pappe wies ihn nach oben. Seine Knie zitterten, und ihm drehte sich der Magen um angesichts der Ungeheuerlichkeit dessen, was zu tun er im Begriff war. Er bog um eine Ecke. Eine großmütterliche Frau regierte in einem geräumigen, ruhigen Reich voller Schreibtische mit grünen Oberflächen und großer Ordner in Stahlregalen. «Könnte ich eine K-Kopie von einer Heiratsurkunde haben?» fragte er sie.

«Das Jahr?»

«Wie bitte?»

«In welchem Jahr wurde die Heiratsurkunde ausgestellt, Sir?»

«1954.» Klar und deutlich ausgesprochen schien das Jahr so weit entfernt wie ein Stern, und doch – da war er wieder und fühlte sich nicht eine Minute älter und schwitzte in der gleichen sommerlichen Hitze. Dennoch mußte ihn die Frau, nachdem sie die Namen und das Datum aufgeschrieben hatte, verlassen und in einen anderen Raum des Archivs gehen, so weit entfernt war in Wirklichkeit das Ereignis, das er rückgängig zu machen wünschte.

Sie kam zurück, hinkend, was er vorher nicht bemerkt hatte. Der Ordner, den sie trug, war aufgeschlagen fast einen Meter breit, das dicke Buch eines Hexenmeisters. Vorsichtig blätterte sie die riesigen Seiten um, als ob der Abgrund verlorenen Lebens und verlassener Zeit, die sie repräsentierten, bei einem Fehler aufspringen und sie beide verschlingen würde. Sie mußte einst ein flammender Rotschopf gewesen sein, aber ihr Haar war nun stumpf aprikosenfarben und in Dauerwellen erstarrt, leblos wie vergilbtes Papier. Sie lächelte – ein gekräuseltes leises Lächeln. «Ja», sagte sie. «Hier haben wir es.»

Und verkehrt herum konnte Richard auf einer einzelnen langen roten Linie Joans Mädchennamen und seinen eigenen Namen lesen. Ihr Beruf war mit «Lehrerin» angegeben (sie war Referendarin für Kunsterziehung gewesen; er hatte ihren beklecksten blauen Kittel vergessen, den Lehmgeruch ihrer Finger, die Art, wie sie sogar an den kältesten Tagen zur Arbeit radelte) und sein eigener, geringer, mit «Student». Auch ihre eingetragenen Adressen überraschten ihn, da sie verschieden waren – das Foyer in der Avon Street, der Eingang zum Lowell House, vergessene Türen, die sich auf den Korridor gemeinsamer Adressen öffneten, der sich von damals bis jetzt hinzog. Ihre Unterschriften... Er konnte es nicht ertragen, ihre Unterschriften zu studieren, nicht einmal verkehrt herum. Auf den ersten Blick wirkte Joans Unterschrift fester, blauer. «Wollen Sie eine oder mehrere Kopien?»

«Eine dürfte genügen.»

So umständlich, als ob sie dies nicht schon tausendmal getan hätte, strich der ehemalige Rotschopf das Papier glatt, und kopierte, einen altmodischen Federhalter mehrmals eintauchend, den Sachverhalt auf ein Standardformular.

Was sonst noch blieb von jenem Hochzeitstag? Da waren ein paar Dias, an die sich Richard erinnerte. Ein Cousin von Joan hatte die Hauptpersonen der Hochzeitsgesellschaft auf dem Fußweg draußen vor der Kirche aufgestellt, alle um eine Parkuhr versammelt. Die Parkuhr, ein schlanker silbriger Vertreter der Stadtverwaltung, nimmt den Ehrenplatz in der Gruppe ein, mit ihrem schmalen Kopf und ihrer scharlachroten Zunge. Wie die Parkuhr ist auch der Bräutigam sehr schlank. Er blinzelte gleichzeitig mit dem Verschluß der Kamera, so daß die Andeutung einer Totenmaske sein Gesicht umschwebt. Die Haltung der lächelnden Braut, angespannt und anmutig zugleich, hat etwas Tänzerisches an sich, die Füße auf dem heißen Pflaster nach außen gerichtet; es wirkt so, als sei sie drauf und dran, den Organdysaum ihres Brautkleids zu nehmen und einen schwungvollen *tour jeté* zu drehen. Die vier Eltern, noch nicht in Großeltern verwandelt, erscheinen verschwommen auf dem Dia, halb verloren im Lichtschleier, wohlwollend und massig wie die Steine des Gebäudes, in dem Richard gerade die Drei-Dollar-Gebühr für seine Kopie, seine Gegen-Urkunde, hinblätterte.

Ein anderes Bild war von Richards Studien- und Zimmergenossen festgehalten worden, der sie zu ihrer Flitterwochenhütte in einer kleinen Stadt an der Küste eine Stunde südlich von Cambridge fuhr. Ein Croquet-Spiel war auf der Veranda vergessen worden, und in einem dieser Bravourstücke, die er an den Tag legte, um Umbehagen zu verbergen, nahm Richard drei der Bälle auf und begann zu jonglieren. Der Zimmergenosse, dem vielleicht ebenso unbehaglich zumute war, fing den Moment ein; der rote Ball hängt dort für immer, unscharf in der gelblichen Färbung des sterbenden Lichtes, während der gelbe und der grüne in Richards Händen schimmern und sein Gesicht verzückt mit offenem Mund nach oben starrt.

«Ich habe noch ein anderes Problem», sagte er zu der großmütterlichen Angestellten, als sie den Riesenordner zuklappte und sich anschickte, ihn hochzuheben.

«Und das wäre?» fragte sie.

«Ich habe eine eidesstattliche Erklärung, die notariell beglaubigt werden müßte.»

«Das ist nicht meine Abteilung, Sir. Erster Stock, nach links, wenn Sie aus dem Fahrstuhl kommen, nach rechts, wenn Sie die Treppe benutzen. Die Treppe hinauf geht's schneller, wenn Sie mich fragen.»

Er folgte ihren Anweisungen und fand eine junge schwarze Frau an einem Stahltisch, der bedeckt war mit golden gerahmten Bildern von Treue und Zusammenhalt und Beständigkeit, von Kindern und Eltern, von einem melancholischen braunen Jungen in brauner Militäruniform, einer lachenden Familie am Ufer eines Sees; da war sogar ein Foto von einem Haus – einem ganz normalen kleinen Ranch-Haus, irgendwo, mit einem grünen Rasen. Sie las Richards eidesstattliche Erklärung ohne Kommentar. Er unterdrückte seinen dringenden Wunsch, sie um Verzeihung zu bitten. Sie bat um seinen Führerschein und verglich das Foto darauf mit seinem Gesicht. Sie gab ihm einen Stift und setzte einen Stempel der Unwiderruflichkeit neben seine Unterschrift. Der rote Ball schwebte immer noch in der Luft, irgendwo in einer Schachtel mit Fotos, die er nie wiedersehen würde, und die leuchtende Ruhe der Hütte, als sie dort schließlich allein waren, zog noch immer ihre Bahn hinaus zu den Sternen – eine Kapsel der Stille; doch was Richard noch mehr schmerzte, als er zusammenzuckend aus dem braunen Torbogen in das grelle Sommerlicht trat, war ein hinausgeschobenes Detail der Hochzeit. In seiner Benommenheit, seiner Schläfrigkeit, in seiner Verwunderung über das weiße Geschöpf, das neben ihm vor dem Altar zitterte, am Rande seines Bewußtseins wie ein Regenbogen im Nebel, hatte er vergessen, das Gelöbnis mit einem Kuß zu besiegeln. Joan hatte zu ihm herübergeblickt, lächelnd, erwartungsvoll; er hatte zurückgelächelt und sich an nichts erinnert. Der Augenblick ging vorüber, und sie eilten durch das Kirchenschiff, wie er jetzt beschämt die Stufen der City Hall hinabeilte, auf die Straße und auf den Tunnel der U-Bahn zu.

Während die U-Bahn durch die Dunkelheit ratterte, las er etwas über die Kräfte der Natur. Ein wissenschaftlicher Sonderdruck war mit der Post gekommen, mit derselben Post wie die eidesstattliche Erklärung. Bevor er allein lebte, hätte er ihn weggeworfen, ohne einen zweiten Blick darauf zu werfen, aber jetzt, da er allmählich die bedächtigen Gewohnheiten eines Bostoner Eigenbrötlers annahm, las er jeden Fetzen, den man ihm schickte, und blieb sogar auf der Straße stehen, um ein schmuddeliges Stückchen Zeitung aufzuheben und es auf eine Botschaft hin zu überfliegen. So, las er, *war bereits 1935 bekannt, daß die Welt der Natur von vier Arten von Kräften beherrscht wurde: in der Reihenfolge zunehmender Stärke sind dies die Schwerkraft, die schwache, die elektromagnetische und die starke Kraft.* Beim Lesen wurde ihm klar, daß er es mit den schwachen Kräften hielt; er identifizierte sich mit ihnen. Schwerkraft, obwohl unwesentlich auf mikrokosmischer Ebene, *beginnt bei Objekten in einer Größenordnung von 100 Kilometer vorzuherrschen, so bei großen Asteroiden; sie hält den Mond zusammen, die Erde, das Sonnensystem, die Steine, die Sternansammlungen innerhalb der Galaxien und die Galaxien selbst.* Für Richard war es so, als ob eine mutlose, bei Spielbeginn überwältigte Mannschaft nun vorwärtsdrängte, um im letzten, makrokosmischen Viertel den Sieg zu eringen; er jubelte innerlich. Die U-Bahn schwankte zu einer Haltestelle in Kendall, und er erinnerte sich, wie er und Joan einige Tage nach ihrer Hochzeit einen Zug nach Norden durch New Hampshire nahmen, wo sie sich vertraglich für Sommerjobs verpflichtet hatten. Der Zug, nun seit langem eingestellt, hatte sich nordwärts geschlängelt an den belebten, durch Sägewerke verschmutzten Flüssen entlang und in immergrüne Berge hinein, wo rostende Skilifts standen. Die Sitze waren aus rotem Plüsch gewesen, und der Zug hatte unaufhörlich sanft geschaukelt. Ihre Arme, blaß vor dem Plüsch, zeigten einen rosa Hauch von Sonnenbrand. Unsicher, wie Flitterwochen zu sein hatten, aber in der Gewißheit, daß sie sich Erinnerungen schaffen mußten, die dauerten, bis daß der Tod sie schied, hatten sie nackt Croquet gespielt in einem kleinen Garten, der, zwischen all den Bäumen, wie ein Auge aus Gras war, das zum Himmel hinaufblickte. Sie schlug ihn, in jedem Spiel. *Die schwache Kraft,* las Richard, *hat keinen nennenswerten Einfluß auf die Struktur des Atomkerns, bevor der Zerfall eintritt; sie ist wie ein Sprung in einer Glocke aus gegossenem Metall, der keine Auswirkung auf den Klang der Glocke hat, bis er schließlich dazu führt, daß die Glocke zerspringt.*

Die U-Bahn kletterte ans Tageslicht, um den Charles zu überqueren. Segelboote neigten sich auf dem Geglitzer unten. Auf der anderen Seite des Flusses hingen die rauchfarbenen Wolkenkratzer Bostons wie erstarrte Springbrunnen. Der Zug machte eine Biegung um die Bucht eines Sees und hielt in The Weirs, einer sandigen Sommerfrische, wo Eiskrem auf Asphalt tropfte und der Duft eines kandierten Apfels von der Schwelle der Kindheit herüberwehte. Nach stundenlangem Warten bekamen sie das Postboot zu der Insel, wo sie arbeiten sollten. Die Insel lag jenseits des Lake Winnipesaukee, mit vielen anderen Inseln und notwendigerweise vielen Poststellen dazwischen. Jedesmal, bevor es anlegte, ließ das Boot seine Sirene ertönen – ein gewaltiges Geräusch. Die Maples hatten sich, der Sonne und der Landschaft wegen, vorn hingesetzt; und einmal dort, unmittelbar unterhalb der Schiffssirene, hatten sie das Gefühl, sie müßten dort bleiben. Die Inseln, das Wasser, die Berge hinter der Küste waren ein Adagio wechselnder Perspektiven rings um sie herum, und dann – wie jedesmal überraschend – ließ das Tuten der Sirene sie zusammenfahren und zermalmte die Landschaft zu einem Schwall von Geräusch; dieses Tuten bedrohte ihre junge Ehe. Er gab ihr die Schuld und hatte zugleich den Wunsch, sie um Verzeihung zu bitten für etwas, woran sie beide nichts ändern konnten. Nach jedem Tuten wurde der Motor abgestellt, und das

Boot schlängelte sich zu einem wackligen Anlegeplatz, und auf den bunt getupften, weichen Wegen dieser oder jener immergrünen Insel strömten sonnenbraune Kinder und Helfer in Badehosen und Mokassins herbei, um ihre Post in Empfang zu nehmen, und ihr Geschrei klang seltsam in den betäubten Ohren der Neuvermählten. Als sie ihre eigene Insel erreichten, waren die Maples erschöpft.

Quantenmechanik und Relativität sind, zusammengenommen, außerordentlich einschränkend, und sie statten uns deshalb mit einem großartigen logischen Werkzeug aus. Richard steckte die Broschüre in seine Tasche zurück und stieg in Charles aus. Er ging über die Brücke zum Krankenhaus, um den für seine Arthritis zuständigen Arzt aufzusuchen. Seine Knochen taten ihm nachts weh. Er hatte Freunde, die im Sterben lagen oder gestorben waren; es schien nun nicht mehr unvorstellbar, daß er ihnen folgte. Als er das erste Mal in diesem Krankenhaus gewesen war, war er gekommen, um Joan den Hof zu machen. Er war die gleiche Rampe zu der Glastür hinaufgegangen und hatte sich drinnen, in diesem großen Labyrinth der Kranken, stammelnd nach dem Mädchen erkundigt, das mit einem Gummiband um ihren Pferde-

schwanz in der ersten Reihe von Englisch 162 b
(«Die Tradition der epischen englischen Dichtung, von Spenser bis Tennyson») gesessen
hatte. Er hatte den ganzen Winter hindurch drei
Stunden lang in jeder Woche die Neigung ihres
Hinterkopfs bewundert. In der Examenszeit
nahm er seinen ganzen Mut zusammen und
sprach sie an, als sie sich gemeinsam an einem
Tisch in der Bibliothek über dunkle Fotokopien
von Blakes Illustrationen zum *Verlorenen Paradies* beugten. Sie vereinbarten, sich nach dem
Examen auf ein Bier zu treffen. Aber sie erschien
nicht. In dem Amphitheater verzweifelt denkender Köpfe fehlte der ihre. Und nachdem er *Die
Märchenkönigin* und *Die Schäfergedichte des
Königs* zusammen beiseite gelegt hatte, rief er in
ihrem Studentenwohnheim an und erfuhr, daß
Joan ins Krankenhaus gebracht worden war.
Eine Kraft der Natur trieb ihn, den langen Fluren und falschen Biegungen und der Menge von
Tanten und Freiern am Fuß ihres Bettes zu trotzen; Joan lag in Weiß zwischen weißen Laken,
ihr Haar hing lose über ihre Schultern und einem
Plastikschlauch, der etwas Durchsichtiges in die
Unterseite ihres Arms einführte. Bei späteren Besuchen erhielt er das Recht, ihre Hand zu halten,
wie fest sie auch geschient und verpflastert war.

Mangelnde Blutgerinnung hatte die Diagnose gelautet. Ihre Beschwerden hatten darin bestanden, daß sie nicht aufhörte zu bluten. Errötend erzählte sie ihm, wie die Ärzte und Assistenten sie gefragt hatten, wann sie das letzte Mal Verkehr gehabt hätte, und wie peinlich es ihr gewesen sei, ihnen in ihre höflichen, ungläubigen Gesichter hinein zu gestehen, nie.

Der Doktor nahm die Aderpresse des Blutdruckmeßgeräts von Richards Arm und lächelte. «Haben Sie in letzter Zeit unter irgendwelchem Streß gestanden?»

«Ich werde gerade geschieden.»

«Arthritis gehört, wie Sie vielleicht wissen, zu der Gruppe der Beschwerden, die auch psychosomatische Ursachen haben.»

«Alles, was ich weiß, ist, daß ich morgens um vier aufwache und es sehr deprimierend finde, zu denken, daß ich diese Sache nie mehr loswerde, daß dieser Schmerz in meiner Schulter für den Rest meines Lebens bleiben wird.»

«Sie werden sie loswerden. Er wird nicht bleiben.»

«Wann?»

«Sobald Ihr Gehirn aufhört, strafende Signale auszusenden.»

Ihre in der kleinen Wiege eines heilenden Apparats ruhende Hand, deren Wärme widerstandslos und unverbindlich war, während er sie, an ihrem Krankenbett sitzend, hielt, befand sich fast in der Höhe seiner Augen. Auf der Insel waren die Betten in der Blockhütte, die für sie reserviert worden war, verschieden hoch, und obwohl Joan versuchte, sie in ein Doppelbett zu verwandeln, wo die Matratzen aneinanderstießen, eine Kante, über die er oder sie sich schieben mußte, in einem Durcheinander sich verschiebender Laken. Aber die Hütte lag im Wald, und ein kräftiger, feuchter Geruch von Kiefern und Farnen drang durch die Fliegengitterfenster, zusammen mit dem morgendlichen Gezwitscher der Vögel und dem abendlichen Geraschel der Tiere. Es ging das Gerücht, daß es Rotwild auf der Insel gebe; die Tiere kämen im Winter über das Eis und seien gefangen, wenn es im Frühjahr schmelze. Obwohl niemand, weder Camper noch Helfer, jemals Rotwild gesehen hatten, hielt sich das Gerücht beharrlich.

Warum hat dann noch nie jemand ein Quark gesehen?

Während Richard die Charles Street entlang zu seiner Wohnung ging, erinnerte er sich vage an einen solchen Satz. Er suchte in seinen Taschen nach der Schrift über die Kräfte der Natur und zog statt dessen ein neues Rezept für Schmerztabletten heraus, eine Abschrift seiner Heiratsurkunde und die unterschriebene eidesstattliche Erklärung. *Jetzt kommen…* Die Abhandlung lag zusammengefaltet dazwischen. Er konnte den Satz nicht finden und las statt dessen: *Die Theorie, daß die starke Kraft stärker wird, wenn die Quarks auseinandergezogen werden, ist eher spekulativ; doch ihre Entsprechung, der Gedanke, daß die Kraft schwächer wird, wenn die Quarks näher zusammengeschoben werden, ist besser begründet.* Ja, dachte er, das war geschehen. Im Leben gibt es vier Kräfte: Liebe, Gewohnheit, Zeit und Langeweile. Liebe und Gewohnheit sind eine kurze Frist lang ungeheuer stark, aber die Zeit, der es an einer negativen Ladung mangelt, akkumuliert sich unerbittlich und macht zusammen mit ihrer Schwester, der Langeweile, alles gleich. Er lag im Sterben; das ließ ihn grausam werden. Sein Herz krampfte sich zusammen vor Entsetzen über das, was er gerade getan hatte. Wie konnte er Joan sagen, was er mit ihrer Heiratsurkunde gemacht hatte? Sogar die Quarks in den Telefonleitungen würden rebellieren.

Im Wald war eine grüne Lichtung gewesen, ein Auge aus Gras, eine Wiese, übersät von mikrokosmischen weißen Blüten, und hierhin war eines Abends in der Dämmerung das Rotwild gekommen, das Weibchen voran, das Männchen, größer und dunkler, das Hinterteil noch im Schatten, als seine Gefährtin die letzten Sonnenstrahlen des Tages schnupperte, die Silhouetten beider von demselben Licht umgeben, das das Gras der Wiese vergoldete. Eine Gruppe von Motorradfahrern mit ausdruckslosen Gesichtern röhrte vorbei, ein Betrunkener winkte Richard vom Eingang eines Waschsalons zu, ein Mädchen mit einem verführerischen rückenfreien Oberteil bedachte ihn mit einem kühlen Blick, die Ampel wechselte von Rot auf Grün, und er konnte sich nicht erinnern, ob er Orangensaft oder Brot brauchte, und ärgerte sich doppelt darüber, daß er sich nicht daran erinnern konnte, ob sie das Rotwild wirklich gesehen hatten oder ob er sich die Erinnerung eingebildet, sie heraufbeschworen hatte aus der Sehnsucht heraus, so möge es gewesen sein.

«Ich kann mich nicht erinnern», sagte Joan am Telefon. «Ich glaube nicht, daß wir sie gesehen haben, wir haben nur darüber gesprochen.»

«War da nicht eine Art Lichtung jenseits der Hütte, wenn man den Weg weiterging?»

«Wir sind diesen Weg nie gegangen, es wimmelte dort von Insekten.»

«Ein Hirsch und eine Hirschkuh, als es eben dunkel wurde. Erinnerst du dich an nichts?»

«Nein, wirklich nicht, Richard. Wie schuldig soll ich mich deiner Meinung nach fühlen?»

«Überhaupt nicht, wenn es nicht so gewesen ist. Da wir gerade von wehmütigen Erinnerungen sprechen»

«Ja?»

«Ich war heute nachmittag in der Cambridge City Hall und habe mir eine Abschrift unserer Heiratsurkunde geholt.»

«O Gott. Wie war es?»

«Es war nicht schlimm. Das Gebäude ist erstaunlicherweise weitgehend unverändert geblieben. Haben wir die Urkunde oben oder unten bekommen?»

«Unten, links vom Fahrstuhl, wenn man hineinkommt.»

«Dort hat man mir unsere eidesstattliche Erklärung beglaubigt. Du wirst demnächst eine Kopie davon bekommen; es ist ein schockierendes Dokument.»

«Ich habe sie schon bekommen, gestern. Was

ist daran so schockierend? Ich fand sie komisch, die Art, wie sie formuliert ist. Hier kommen wir, da gehen wir.»

«Liebes, du bist so stark und mutig.»

«Ich fürchte, ich muß es sein. Oder?»

«Ja.»

Nicht zum erstenmal in diesen zwei Jahren hatte er das Gefühl, daß er sich hinter einer eierschalendünnen Wand verkroch, die Joan durch das bloße Heben ihrer Stimme zerbrechen konnte. Aber sie lehnte es ab, sie zu zerbrechen, entweder weil sie nicht wußte, wie dünn die Schale war, oder weil sie auf der anderen Seite kauerte, so wie sie sich, auf der anderen Seite jener Badezimmertür, auf die gleiche Art wie er und mit den gleichen regressiven Impulsen der Heirat genähert hatte.

«Was ich nicht verstehe», sagte sie jetzt, «sollen wir beide dieselbe Erklärung unterschreiben oder jeder eine, oder was? Und welche? Mein Anwalt schickt mir immer noch drei Ausführungen von allem, und manche davon stecken in blauen Umschlägen. Sind das die wichtigen oder die unwichtigen, die ich behalten kann?»

In Wirklichkeit schienen die Anwälte, so gewandt in ihrer gewohnten gegnerischen Welt von Beschuldigung, Klage und Gegenklage von der Klausel der nicht schuldhaften Scheidung verwirrt zu sein. Am Morgen ihrer Scheidung wurde Richard von seinem Anwalt auf der Treppe zum Gericht begrüßt und auf die Möglichkeit hingewiesen, daß er als Kläger vielleicht aufgefordert werden würde, darzulegen, was in der Ehe ihn von der unwiderruflichen Zerrüttung überzeugt hatte. «Aber das ist doch der entscheidende Punkt bei der nicht schuldhaften Scheidung», warf Joan ein, «daß man nichts sagen muß.» Sie ging neben Richard die Treppen zum Gerichtsgebäude hinauf; tatsächlich waren sie in demselben Wagen gekommen, da eines der Kinder Joans Volvo genommen hatte.

Das Verfahren war früh am Tag anberaumt. Als er sie um Viertel nach sieben abholen wollte, hatte sie barfuß auf dem Rasenrondell der Auffahrt gestanden, bis zu den Knöcheln in Dunst und Tau. Sie hielt ihre Schuhe mit den hohen Absätzen in der Hand. Bei diesem Anblick mußte er lachen. Als er die Wagentür öffnete, sagte er: «Also gibt es *doch* Rotwild auf der Insel!»

Sie war zu beschäftigt, um seine Anspielung zu begreifen. Sie fragte ihn: «Glaubst du, es stört den Richter, wenn ich keine Strümpfe trage?»

«Halt deine Beine hinter seinem Sitz», sagte er. Er war aufgeregt, benommen. Er hatte kaum geschlafen, obwohl seine Schulter zur Abwechslung einmal nicht geschmerzt hatte. Sie stieg in den Wagen, ihre Schuhe und den feuchten Duft des Morgens mit sich bringend. Sie war immer eine Frühaufsteherin gewesen und er ein Langschläfer. «Danke, daß du das tust», sagte sie, womit sie meinte, daß er sie mitnahm, und fügte hinzu, «wirklich.»

«Mit Vergnügen», sagte Richard. Während sie zum Gericht fuhren und sich über ihre Autos und ihre Kinder unterhielten, staunte er darüber, wie schwerelos Joan geworden war; sie saß am Rand seines Blickfelds, leicht wie eine Feder, und ihre Stimme drang angenehm an sein Ohr, ihr vertrauter Tonfall und der Nachdruck, mit dem sie sprach, überaus melodisch und halb ungehört – wie die Themen eines Concertos, das uns in Tagträume versetzt. Er gab ihr nicht mehr die Schuld: das war der Grund für die Unbeschwertheit. In all diesen Jahren hatte er sie für alles verantwortlich gemacht – für das Verkehrschaos am Central Square, für das laute Tuten auf dem Postboot, für den Höhenunterschied ihrer Betten. Und nun nicht mehr: er hatte sie aus der Allmacht entlassen. Er hatte sie freigegeben, frei von Schuld. Sie war für ihn, was Gretel für Hänsel war, ein verwandtes Wesen, das neben ihm einen Weg entlangging, während Vögel hinter ihnen die Brotkrumen aufpickten.

Richards Anwalt sah Joan kummervoll an. «Ich verstehe das, Mrs. Maple», sagte er. «Aber vielleicht sollte ich mit meinem Mandanten ein Wort unter vier Augen sprechen.»

Die Anwälte, die sie gewählt hatten, waren seltsam verschieden. Richards war ein großer, zerknitterter Ire, sein heller Sommeranzug war ausgebeult, und sein Hemd spannte sich über seinem Bauch – ein melancholischer und beruhigender Vatertyp. Joans Anwalt war klein, adrett und flott; er trug einen karierten Anzug und sprach aus dem Mundwinkel, wie ein Tipgeber beim Pferderennen. Augenzwinkernd, munter selbst zu dieser frühen Morgenstunde, tauchte er hinter einer Säule in dem Marmortempel der Justitia auf und nahm Joan beiseite. Ihr Kopf eine Spur höher als der seine, neigte sich, um ihm zuzuhören; sie lächelte, folgsam. Richard fragte sich verwundert: Konnte diese Sorte Mann all die Jahre über der Typ ihrer heimlichen Wünsche gewesen sein? Sein eigener Anwalt fragte ihn schwer atmend: «Falls der Richter nach einem bestimmten Grund für die Zerrüttung fragt – und ich will damit nicht sagen, daß er es tun wird, wir segeln hier alle in noch unbekannten Gewässern –, was werden Sie antworten?»

«Ich weiß nicht», sagte Richard. Er betrachtete die Maserung des Marmors – eine winzige, sich brechende Welle – zwischen seinen Schuhspitzen. «Wir hatten politische Differenzen. Sie zwang mich, bei Friedensmärschen mitzugehen.»

«Irgendwelche physischen Gewalttätigkeiten?»

«Nicht viel. Nicht genug, vielleicht. Glauben Sie wirklich, daß er so etwas fragen wird? Geht es bei diesem Verfahren um eine nicht schuldhafte Scheidung oder nicht?»

«Nichtschuldhaftigkeit bedeutet in diesem Stadium *tabula rasa*. Jetzt geht es darum, Dick, was wir daraus machen. Ich weiß nicht, was er tun wird. Wir sollten vorbereitet sein.»

«Gut – abgesehen von der Politik kamen wir sexuell nicht recht miteinander aus.»

Die Atmosphäre zwischen ihnen wurde gespannter; seinem eigenen Vater gegenüber war Sex auch ein peinliches Gesprächsthema gewesen. Der Atem seines Anwalts wurde bedrückend hörbar. «Also wären Sie bereit, zu sagen, daß persönlich und emotional eine unüberbrückbare Kluft zwischen Ihnen bestand?»

Es schien von Grund auf unwahr, aber Richard nickte. «Wenn es sein muß.»

«Das genügt.» Der Anwalt legte seine riesige Hand auf Richards Arm und drückte ihn. Seine Nähe, sein schwerer Atem, sein Auftreten, diese Mischung aus ruhelosem Drängen und gezwungener Freundlichkeit, sein altmodischer Anzug und der Ordner mit Akten unter seinem Arm wie Blätter mit Namenslisten, all das rückte jetzt in den Blickpunkt: er war der Trainer, und Richard war im Begriff, das entscheidende Tor zu kicken, den hochkomplizierten Kopfsprung zu machen, den besten der Schläger «aus» zu machen, als die Male bereits besetzt waren. Vorwärts.

Jeweils zu zweit betraten sie den Gerichtssaal. Der Raum war schlicht und leer: das geschnitzte Holzwerk war dunkelgrün gestrichen. Die Fenster gingen auf einen uralten, durch Industriebetriebe verschmutzten Fluß. Verstorbene Richter blickten von den Wänden herab. Die beiden Anwälte berieten sich, ließen Richard und Joan verlegen abseits stehen. Er sah Joan mit seinem «Was nun?»-Gesicht an. Sie reagierte mit ihrem «Da komme ich nicht mit»-Gesicht. «Achtung!

Achtung» sang eine körperlose Stimme, und der Richter eilte herein, lächelnd, mit schwingender Robe. Er war klein, hatte scharfgeschnittene Züge und ein glattes rosa Gesicht; sein Aussehen verkündete, daß es ihm rundherum gut ging und daß er niemals sterben würde. Er stand da und nickte ihnen zu. Er nahm Platz. Die Anwälte gingen nach vorn, wo sie wispernd konferierten. Richard neigte sich schwerfällig Joan zu, dem einzigen lebendigen Wesen im Raum, das ihn nicht abstieß. «Der reinste Daumier», flüsterte sie und meinte die Szene, die jetzt vor ihnen aufgeführt wurde. Die Anwälte gingen auseinander. Der Richter winkte. Er war so makellos, daß sein Lächeln quietschte. Er zeigte Richard ein Blatt Papier; es war die eidesstattliche Erklärung. «Ist das Ihre Unterschrift?» fragte er ihn.

«Ja, sie ist es», sagte Richard.

«Und Sie glauben, wie dieses Schriftstück darlegt, daß Ihre Ehe unwiderruflich zerrüttet ist?»

«Ich glaube es.»

Der Richter wandte sein Gesicht Joan zu. Seine Stimme wurde eine Spur weicher. «Ist das *Ihre* Unterschrift?»

«Ja, sie ist es.» Ihre Stimme war in Richards Augen ein heilender Regen, voller kleiner Regenbogen.

«Und Sie glauben, daß Ihre Ehe unwiderruflich zerrüttet ist?»

Eine Pause. Das glaubte sie nicht, Richard wußte es. Sie sagte: «Ich glaube es.»

Der Richter lächelte und wünschte ihnen beiden alles Gute. Die Anwälte ließen erleichtert die Schultern sinken, und ein Schwall heiteren juristischen Geplauders – Mutmaßungen über die Zukunft der nicht schuldhaften Scheidung, Erinnerungen an die alten Zeiten der Schnellscheidungsverfahren in Alabama – schloß die Maples aus. Überflüssig bei ihrer eigenen Zeremonie, traten Joan und Richard gemeinsam von der Richterbank zurück und standen Seite an Seite, unsicher, wohin sie sich wenden sollten, bis Richard sich endlich darauf besann, was er zu tun hatte: er küßte sie.

50 JAHRE ROWOHLT ROTATIONS ROMANE

50 Taschenbücher im Jubiläumsformat
Einmalige Ausgabe

Paul Auster, *Szenen aus «Smoke»*
Simone de Beauvoir, *Aus Gesprächen mit Jean-Paul Sartre*
Wolfgang Borchert, *Liebe blaue graue Nacht*
Richard Brautigan, *Wir lernen uns kennen*
Harold Brodkey, *Der verschwenderische Träumer*
Albert Camus, *Licht und Schatten*
Truman Capote, *Landkarten in Prosa*
John Cheever, *O Jugend, o Schönheit*
Roald Dahl, *Der Weltmeister*
Karlheinz Deschner, *Bissige Aphorismen*
Colin Dexter, *Phantasie und Wirklichkeit*
Joan Didion, *Wo die Küsse niemals enden*
Hannah Green, *Kinder der Freude*
Václav Havel, *Von welcher Zukunft ich träume*
Stephen Hawking, *Ist alles vorherbestimmt?*
Elke Heidenreich, *Dein Max*
Ernest Hemingway, *Indianerlager*
James Herriot, *Sieben Katzengeschichten*
Rolf Hochhuth, *Resignation oder Die Geschichte einer Ehe*
Klugmann/Mathews, *Kleinkrieg*
D. H. Lawrence, *Die blauen Mokassins*
Kathy Lette, *Der Desperado-Komplex*
Klaus Mann, *Der Vater lacht*
Dacia Maraini, *Ehetagebuch*
Armistead Maupin, *So fing alles an ...*
Henry Miller, *Der Engel ist mein Wasserzeichen*

50 JAHRE ROWOHLT ROTATIONS ROMANE

Nancy Mitford, *Böse Gedanken einer englischen Lady*

Toni Morrison, *Vom Schatten schwärmen*

Milena Moser, *Mörderische Erzählungen*

Herta Müller, *Drückender Tango*

Robert Musil, *Die Amsel*

Vladimir Nabokov, *Eine russische Schönheit*

Dorothy Parker, *Dämmerung vor dem Feuerwerk*

Rosamunde Pilcher, *Liebe im Spiel*

Gero von Randow, *Der hundertste Affe*

Ruth Rendell, *Wölfchen*

Philip Roth, *Grün hinter den Ohren*

Peter Rühmkorf, *Gedichte*

Oliver Sacks, *Der letzte Hippie*

Jean-Paul Sartre, *Intimität*

Dorothy L. Sayers, *Eine trinkfeste Frage
des guten Geschmacks*

Isaac B. Singer, *Die kleinen Schuhmacher*

Maj Sjöwall/Per Wahlöö, *Lang, lang ist's her*

Tilman Spengler, *Chinesische Reisebilder*

James Thurber, *Über das Familienleben der Hunde*

Kurt Tucholsky, *So verschieden ist es
im menschlichen Leben*

John Updike, *Dein Liebhaber hat eben angerufen*

Alice Walker, *Blicke vom Tigerrücken*

Janwillem van de Wetering, *Leider war es Mord*

P. G. Wodehouse, *Geschichten von Jeeves und Wooster*

Programmänderungen vorbehalten